William Shakespeare

Titus Andronicus

TRAGÉDIE

NOTICE SUR TITUS ANDRONICUS

On dit qu'à la première représentation des *Euménides*, tragédie d'Eschyle, la terreur qu'inspira le spectacle causa des fausses couches à plusieurs femmes; je ne sais quel effet eût produit sur un auditoire grec la tragédie de *Titus Andronicus*; mais, à la seule lecture, on serait tenté de la croire composée pour un peuple de cannibales, ou pour être représentée au milieu des saturnales d'une révolution. Cependant la tradition nous apprend que cette pièce, aujourd'hui repoussée de la scène, a excité à plusieurs reprises les applaudissements du parterre anglais. On ajoute même qu'en 1686, Ravenscroft la remit au théâtre avec des changements; mais qu'au lieu d'en diminuer l'horreur, il saisit toutes les occasions de l'augmenter: quand, par exemple, Tamora massacre son enfant, le More dit: «Elle m'a surpassé dans l'art d'assassiner; elle a tué son propre enfant, donnez-le-moi... que je le dévore.»

Titus Andronicus, tel que nous l'imprimons aujourd'hui, n'a déjà que trop de traits de cette force, et plusieurs fois, nous l'avouerons, un frémissement involontaire nous en a fait interrompre la révision.

Hâtons-nous de dire que presque tous les commentateurs ont mis en doute que cette pièce fût de Shakspeare, et quelques-uns en ont donné des raisons assez concluantes. Le style a une tout autre couleur que celle de ses autres tragédies; il y a dans les vers une prétention à l'élégance, des abréviations vulgaires, et un vice de construction grammaticale, qui ne ressemblent en rien à la manière de Shakspeare. Qu'on lise, dit Malone, quelques lignes d'*Appius et Virginia*, de *Tancrède et Sigismonde*, de *la bataille d'Alcazar*, de *Jéronimo*, de *Sélim*, de *Locrine*, etc., et en général de toutes les pièces mises sur la scène avant Shakspeare, on reconnaîtra que *Titus Andronicus* porte le même cachet.

Ceux qui admettent *Titus Andronicus* au nombre des véritables ouvrages de Shakspeare sont obligés de considérer celui-ci comme la première production de sa jeunesse; mais *Titus Andronicus* n'est point un coup d'essai; on y reconnaît une habitude, un système calculé de composition. Cependant le troisième acte entièrement tragique, le caractère original, quoique toujours horrible, d'Aaron le More, quelques pensées, quelques descriptions, semblent appartenir à l'auteur du *Roi Lear*.

La fable qui fait le fond de *Titus Andronicus* est tout entière de l'invention du poëte ou de quelqu'un de ces compilateurs du treizième siècle, qui confondaient les lieux, les noms et les époques dans leurs prétendues nouvelles historiques.

On trouve aussi dans le recueil de Percy[1], une ballade que quelques-uns ont cru plus ancienne que la pièce, ce qui n'est pas facile à décider: nous la plaçons en note.

[Note 1: *Relics of anc. poets*, v. I, p. 222.]

***

PERSONNAGES

SATURNINUS, fils du dernier empereur de Rome, et ensuite proclamé lui-même empereur.

BASSIANUS, frère de Saturninus, amoureux de Lavinia.

TITUS ANDRONICUS, noble romain, général dans la guerre contre les Goths.

MARCUS ANDRONICUS, tribun du peuple, et frère de Titus.

MARTIUS,} QUINTUS,} LUCIUS, } fils de Titus Andronicus. MUTIUS, }

LE JEUNE LUCIUS, enfant de Lucius.

PUBLIUS, fils de Marcus le tribun.

ÉMILIUS, noble romain.

ALARBUS, } CHIRON, } fils de Tamora. DÉMÉTRIUS,}

AARON, More, amant de Tamora.

UN CAPITAINE du camp de Titus.

TROUPE DE GOTHS et DE ROMAINS.

UN PAYSAN.

TAMORA, reine des Goths.

LAVINIA, fille de Titus Andronicus.

UNE NOURRICE, avec un enfant more.

Parents de Titus, sénateurs, juges, officiers, soldats, etc.

La scène est à Rome, et dans la campagne environnante.

***

ACTE PREMIER

SCÈNE I

Rome.- Devant le Capitole. On aperçoit le monument des Andronicus.

Les SÉNATEURS *et les* TRIBUNS *assis dans la partie supérieure du temple; ensuite* SATURNINUS *avec ses partisans se présente à une des portes;* BASSIANUS *et les siens à l'autre porte: les tambours battent, et les enseignes sont déployées.*

SATURNINUS.- Nobles patriciens, protecteurs de mes droits, défendez par les armes la justice de ma cause; et vous, mes concitoyens, mes fidèles partisans, soutenez par l'épée mes droits héréditaires. Je suis le fils aîné du dernier empereur qui ait porté le diadème impérial de Rome: faites donc revivre en moi la dignité de mon père, et ne souffrez pas l'injure qu'on veut faire à mon âge.

BASSIANUS.- Romains, mes amis, qui suivez mes pas et favorisez mes droits, si jamais Bassianus, le fils de César, fut agréable aux yeux de Rome impériale, gardez donc ce passage au Capitole, et ne souffrez pas que le déshonneur approche du trône impérial, consacré à la vertu, à la justice, à la continence et à la grandeur d'âme: mais que le mérite brille dans une élection libre; et ensuite, Romains, combattez pour maintenir la liberté de votre choix.

(Marcus Andronicus entre par la partie supérieure, tenant une couronne.)

MARCUS.- Princes, dont l'ambition secondée par des factions et par vos amis lutte pour le commandement et l'empire, sachez que le peuple romain, que nous sommes chargés de représenter, a, d'une commune voix, dans l'élection à l'empire romain, choisi Andronicus, surnommé le Pieux, en considération des grands et nombreux services qu'il a rendus à Rome. La ville ne renferme point aujourd'hui dans son enceinte un homme d'un plus noble caractère, un plus brave guerrier. Le sénat l'a rappelé dans cette ville, à la fin des longues et sanglantes guerres qu'il a soutenues contre les barbares Goths. Ce général, la terreur de nos ennemis, secondé de ses fils, a enfin enchaîné cette nation robuste et nourrie dans les armes. Dix années se sont écoulées depuis le jour qu'il se chargea des intérêts de Rome, et qu'il châtie par ses armes l'orgueil de nos ennemis: cinq fois il est revenu sanglant dans Rome, rapportant du champ de bataille ses vaillants fils dans un cercueil.- Et aujourd'hui enfin, l'illustre Titus Andronicus rentre dans Rome chargé des dépouilles de la gloire, et ennobli par de nouveaux exploits. Pour l'honneur du nom de celui que vous désirez voir dignement remplacé, au nom des droits sacrés du Capitole que vous prétendez adorer, et de ceux du sénat que vous prétendez respecter, nous vous conjurons de vous retirer et de désarmer vos forces; congédiez vos partisans, et faites valoir vos prétentions en paix et avec modestie, comme il convient à des candidats.

SATURNINUS.- Combien l'éloquence du tribun réussit à calmer mes pensées !

BASSIANUS.- Marcus Andronicus, je mets ma confiance dans ta droiture et ton intégrité; et j'ai tant de respect et d'affection pour toi et les tiens, pour ton noble frère Titus, pour ses fils et pour celle devant qui toutes mes pensées se prosternent, l'aimable Lavinia, le riche ornement de Rome, que je veux à l'instant congédier mes amis, et remettre ma cause à ma destinée et à la faveur du peuple, afin qu'elle soit pesée dans la balance.

(Il congédie ses soldats.)

SATURNINUS, *aux siens*.- Amis, qui vous êtes montrés si zélés pour mes droits, je vous rends grâces, et vous licencie tous. J'abandonne à l'affection et à la faveur de ma patrie, moi-même, ma personne et ma cause. Rome, sois juste et favorable envers moi, comme je suis confiant et généreux envers toi.- Ouvrez les portes et laissez-moi entrer.

BASSIANUS.- Et moi aussi, tribuns, son pauvre compétiteur.

(Saturninus et Bassianus entrent dans le Capitole, accompagnés de Marcus, des sénateurs, etc., etc.)

SCÈNE II

UN CAPITAINE, ET *foule*.

LE CAPITAINE.- Romains, faites place: le digne Andronicus, le patron de la vertu, et le plus brave champion de Rome, toujours heureux dans les batailles qu'il livre, revient, couronné par la gloire et la fortune, des pays lointains où il a circonscrit avec son épée et mis sous le joug les ennemis de Rome.

(On entend les trompettes. Paraissent Mutius et Martius: suivent deux soldats portant un cercueil drapé de noir, ensuite marchent Quintus et Lucius. Après eux paraît Titus Andronicus, suivi de Tamora, reine des Goths, d'Alarbus, Chiron et Démétrius, avec le More Aaron, prisonniers. Les soldats et le peuple suivent: on dépose à terre le cercueil, et Titus parle.)

TITUS.- Salut, Rome, victorieuse dans tes robes de deuil ! tel que la nef, qui a déchargé sa cargaison, rentre chargée d'un fardeau précieux dans la baie où elle a d'abord levé l'ancre: tel Andronicus, ceint de branches de laurier, revient de nouveau saluer sa patrie de ses larmes; larmes de joie sincère de se retrouver à Rome !- O toi, puissant protecteur de ce Capitole, sois propice aux religieux devoirs que nous nous proposons de remplir.- Romains, de vingt-cinq fils vaillants, moitié du nombre que possédait Priam, voilà tous ceux qui me restent vivants ou morts ! Que Rome récompense de son amour ceux qui survivent, et que ceux que je conduis à leur dernière demeure reçoivent la sépulture avec leurs ancêtres: c'est ici que les Goths m'ont permis de remettre mon épée dans le fourreau.- Mais, Titus, père cruel et sans souci des tiens, pourquoi laisses-tu tes fils, encore sans sépulture, errer sur la redoutable rive du Styx ? Laissez-moi les déposer près de leurs frères. (*On ouvre la tombe de sa famille.*) Saluons-les dans le silence qui convient aux morts ! dormez en paix, vous qui êtes morts dans les guerres de votre patrie. O asile sacré, qui renfermes toutes mes joies, paisible retraite de la vertu et de l'honneur, combien de mes fils as-tu reçus dans ton sein, que tu ne me rendras jamais !

LUCIUS.- Cédez-nous le plus illustre des prisonniers goths, pour couper ses membres, les entasser sur un bûcher, et les brûler en sacrifice *ad manes fratrum*, devant cette prison terrestre de leurs ossements, afin que leurs ombres ne soient pas mécontentes, et que nous ne soyons pas obsédés sur la terre par des apparitions.

TITUS.- Je vous donne celui-ci, le plus noble de ceux qui survivent, le fils aîné de cette malheureuse reine.

TAMORA.- Arrêtez, Romains !- Généreux conquérant, victorieux Titus, prends pitié des larmes que je verse, larmes d'une mère qui supplie pour son fils. Et si jamais tes enfants te furent chers, ah ! songe que mon fils m'est aussi cher. N'est-ce pas assez d'être tes captifs, soumis au joug romain et d'être amenés à Rome pour orner ton triomphe et ton retour ? Faut-il encore que mes fils soient égorgés dans vos rues, pour avoir vaillamment défendu la cause de leur pays ? Oh ! si ce fut pour les tiens un pieux devoir de combattre pour leur souverain et leur patrie, il en est de même pour eux. Andronicus, ne souille point de sang ta tombe. Veux-tu te rapprocher de la nature des dieux ? Rapproche-toi d'eux en étant miséricordieux: la douce pitié est le symbole de la vraie grandeur. Trois fois noble Titus, épargne mon fils premier-né.

TITUS.- Modérez-vous, madame, et pardonnez-moi. Ceux que vous voyez autour de moi sont les frères de ceux que les Goths ont vus vivre et mourir, et leur piété demande un sacrifice pour leurs frères immolés. Votre fils est marqué pour être la victime; il faut qu'il meure pour apaiser les ombres plaintives de ceux qui ne sont plus.

LUCIUS.- Qu'on l'emmène, et qu'on allume à l'instant le bûcher: coupons ses membres avec nos épées, jusqu'à ce qu'il soit entièrement consumé.

(Mutius, Marcus, Quintus, Lucius, sortent emmenant Alarbus.)

TAMORA.- O piété impie et barbare !

CHIRON.- Jamais la Scythie fut-elle à moitié aussi féroce ?

DÉMÉTRIUS.- Ne compare point la Scythie à l'ambitieuse Rome. Alarbus marche au repos; et nous, nous survivons pour trembler sous le regard menaçant de Titus.- Allons, madame, prenez courage; mais espérez en même temps que les mêmes dieux qui fournirent à la reine de Troie[2] l'occasion d'exercer sa vengeance sur le tyran de Thrace surpris dans sa tente, pourront favoriser également Tamora, reine des Goths (lorsque les Goths étaient Goths et Tamora reine), et lui permettre de venger sur ses ennemis ses sanglants affronts.

[Note 2: Hécube et Polymnestre.]

(Lucius, Quintus, Marcus et Mutius rentrent avec leurs épées sanglantes.)

LUCIUS.- Enfin, mon seigneur et père, nous avons accompli nos rites romains: les membres d'Alarbus sont coupés, et ses entrailles alimentent la flamme du sacrifice, dont la fumée, comme l'encens, parfume les cieux: il ne reste plus qu'à enterrer nos frères, et à leur souhaiter la bienvenue à Rome au bruit des trompettes.

TITUS.- Qu'il en soit ainsi, et qu'Andronicus adresse à leurs ombres le dernier adieu. (*Les trompettes sonnent, tandis qu'on dépose les cercueils dans la tombe.*) Reposez ici, mes fils, dans la paix et l'honneur; intrépides défenseurs de Rome, reposez ici, à l'abri des vicissitudes et des malheurs de ce monde. Ici ne se cache pas la trahison, ici ne respire pas l'envie: ici n'entre point l'infernale haine; ici nulle tempête, nul bruit ne troubleront votre repos; vous y goûterez un silence, un sommeil éternels. (*Entre Lavinia.*) Reposez ici, ô mes fils, en honneur et en paix !

LAVINIA.- Que Titus aussi vive longtemps en honneur et en paix ! Mon noble seigneur et père, vivez aussi ! Hélas ! je viens aussi payer le tribut de ma douleur à cette tombe, à la mémoire de mes frères; et je me jette à vos pieds, en répandant sur la terre mes larmes de joie, pour votre retour à Rome. Ah ! bénissez-moi ici de votre main victorieuse, dont les plus illustres citoyens de Rome célèbrent les succès.

TITUS.- Bienfaisante Rome, tu m'as conservé avec amour la consolation de ma vieillesse, pour réjouir mon coeur.- Vis, Lavinia:

que tes jours surpassent les jours de ton père, et que l'éloge de tes vertus survive à l'éternité de la gloire.

(Entrent Marcus Andronicus, Saturninus, Bassianus et autres.)

MARCUS.- Vive à jamais le seigneur Titus, mon frère chéri, héros triomphant sous les yeux de Rome !

TITUS.- Je vous rends grâces, généreux tribun, mon noble frère Marcus.

MARCUS.- Et vous, soyez les bienvenus, mes neveux, qui revenez d'une guerre heureuse, vous qui survivez, et vous qui dormez dans la gloire. Jeunes héros, votre bonheur est égal, à vous tous qui avez tiré l'épée pour le service de votre patrie, et cependant cette pompe funèbre est un triomphe plus assuré, ils ont atteint au bonheur de Solon[3] et triomphé du hasard dans le lit de l'honneur.- Titus Andronicus, le peuple romain, dont vous avez été toujours le juste ami, vous envoie par moi, son tribun et son ministre, ce *pallium* d'une blancheur sans tache, et vous admet à l'élection pour l'empire, concurremment avec les enfants de notre dernier empereur. Placez-vous donc au nombre des candidats[4]; mettez cette robe et aidez à donner un chef à Rome, aujourd'hui sans maître[5].

[Note 3: Allusion à la maxime de Solon: «Nul homme ne peut être estimé heureux qu'après sa mort.»]

[Note 4: *Candidatus*. Candidat, on sait que ce mot a pris son origine de la robe blanche que portaient les candidats.]

[Note 5: Mot à mot, mettre une tête à Rome sans tête.]

TITUS.- Son corps glorieux demande une tête plus forte que la mienne, rendue tremblante par l'âge et la faiblesse. Quoi, irai-je revêtir cette robe et vous importuner ? me laisser proclamer aujourd'hui empereur pour céder demain l'empire et ma vie, et vous laisser à tous les soins d'une nouvelle élection ? Rome, j'ai été ton soldat quarante ans, j'ai commandé avec succès tes forces; j'ai enseveli vingt-un fils, tous vaillants, tous armés chevaliers sur le champ de bataille, et tués honorablement les armes à la main, pour la cause et le service de leur illustre patrie: donnez-moi un bâton d'honneur pour appuyer ma vieillesse, mais non pas un sceptre pour gouverner le monde; il le tenait d'une main ferme, seigneurs, celui qui l'a porté le dernier.

MARCUS.- Titus, tu demanderas l'empire, et tu l'obtiendras.

SATURNINUS.- Orgueilleux et ambitieux tribun, peux-tu oser...

MARCUS.- Modérez-vous, prince Saturninus.

SATURNINUS.- Romains, rendez-moi justice. Patriciens tirez vos épées et ne les remettez dans le fourreau que lorsque Saturninus sera empereur de Rome.- Andronicus, il vaudrait mieux que tu te fusses embarqué pour les enfers que de venir me voler les coeurs du peuple.

LUCIUS.- Présomptueux Saturninus, qui interromps le bien que te veut faire le généreux Titus.....

TITUS.- Calmez-vous, prince: je vous restituerai le coeur du peuple et je le sévrerai de sa propre volonté.

SATURNINUS.- Andronicus, je ne te flatte point; mais je t'honore et je t'honorerai tant que je vivrai. Si tu veux fortifier mon parti de tes amis, j'en serai reconnaissant; et la reconnaissance est une noble récompense pour les âmes généreuses.

TITUS.- Peuple romain, et vous tribuns du peuple, je demande vos voix et vos suffrages; voulez-vous en accorder la faveur à Andronicus ?

LES TRIBUNS.- Pour satisfaire le brave Andronicus et le féliciter de son heureux retour à Rome, le peuple acceptera l'empereur qu'il aura nommé.

TITUS.- Tribuns, je vous rends grâces: je demande donc que vous élisiez empereur le fils aîné de votre dernier souverain, le prince Saturninus, dont j'espère que les vertus réfléchiront leur éclat sur Rome, comme Titan réfléchit ses rayons sur la terre, et mûriront la justice dans toute cette république: si vous voulez, sur mon conseil, couronnez-le et criez *vive notre Empereur !*

MARCUS.- Par le suffrage et avec les applaudissements unanimes de la nation, des patriciens et des plébéiens, nous créons Saturninus empereur, souverain de Rome, et nous crions *vive Saturninus, notre empereur !*

(Une longue fanfare, jusqu'à ce que les tribuns descendent.)

SATURNINUS.- Titus Andronicus, en reconnaissance de la faveur de ton suffrage dans notre élection, je t'adresse les remercîments que méritent tes services, et je veux payer par des actions ta générosité; et pour commencer Titus, afin d'illustrer ton nom et ton honorable famille, je veux élever ta fille Lavinia au rang d'impératrice, de souveraine de Rome et de maîtresse de mon coeur, et la prendre pour épouse dans le Panthéon sacré: parle, Andronicus, cette proposition te plaît-elle ?

TITUS.- Oui, mon digne souverain; je me tiens pour hautement honoré de cette alliance; et ici, à la vue de Rome, je consacre à Saturninus, le maître et le chef de notre république, l'empereur du vaste univers, mon épée, mon char de triomphe et mes captifs, présents dignes du souverain maître de Rome.- Recevez donc, comme un tribut que je vous dois, les marques de mon honneur abaissées à vos pieds.

SATURNINUS.- Je te rends grâces, noble Titus, père de mon existence. Rome se souviendra combien je suis fier de toi et de tes dons, et lorsqu'il m'arrivera d'oublier jamais le moindre de tes inappréciables services, Romains, oubliez aussi vos serments de fidélité envers moi.

TITUS, *à Tamora.*- Maintenant, madame, vous êtes la prisonnière de l'empereur; de celui qui, en considération de votre rang et de votre mérite, vous traitera avec noblesse, ainsi que votre suite.

SATURNINUS.- Une belle princesse, assurément, et du teint dont je voudrais choisir mon épouse, si mon choix était encore à faire. Belle reine, chassez ces nuages de votre front; quoique les hasards de la guerre vous aient fait subir ce changement de fortune, vous ne venez point pour être méprisée dans Rome; partout vous serez traitée en reine. Reposez-vous sur ma parole; et que l'abattement n'éteigne pas toutes vos espérances. Madame, celui qui vous console peut vous faire plus grande que n'est la reine des Goths.- Lavinia, ceci ne vous déplaît pas ?

LAVINIA.- Moi, seigneur ? Non. Vos nobles intentions me garantissent que ces paroles sont une courtoisie royale.

SATURNINUS.- Je vous rends grâces, aimable Lavinia.- Romains, sortons; nous rendons ici la liberté à nos prisonniers sans aucune rançon; vous, seigneur, faites proclamer notre élection au son des tambours et des trompettes.

BASSIANUS, *s'emparant de Lavinia.*- Seigneur Titus, avec votre permission, cette jeune fille est à moi.

TITUS.- Comment ? seigneur, agissez-vous sérieusement, seigneur ?

BASSIANUS.- Oui, noble Titus, et je suis résolu de me faire justice à moi-même, et de réclamer mes droits.

(L'empereur fait sa cour à Tamora par signes.)

MARCUS.- *Suum cuique*[6] est le droit de notre justice romaine; ce prince en use et ne reprend que son bien.

[Note 6: Chacun son droit.]

LUCIUS.- Et il en restera le possesseur, tant que Lucius vivra.

TITUS.- Traîtres, loin de moi. Où est la garde de l'empereur ? Trahison, seigneur ! Lavinia est ravie.

SATURNINUS.- Ravie ? par qui ?

BASSIANUS.- Par celui qui peut avec justice enlever au monde entier sa fiancée.

(Marcus et Bassianus sortent avec Lavinia.)

MUTIUS.- Mes frères, aidez à la conduire hors de cette enceinte; et moi, avec mon épée, je me charge de garder cette porte.

TITUS, *à Saturninus*.- Suivez-moi, seigneur, et bientôt je la ramènerai dans vos bras.

MUTIUS, *à Titus*.- Seigneur, vous ne passerez point cette porte.

TITUS.- Quoi, traître, tu me fermeras le chemin à Rome !

(Il le poignarde.)

MUTIUS, *tombant*.- Au secours, Lucius, au secours ?

LUCIUS.- Seigneur, vous êtes injuste, et plus que cela; vous avez tué votre fils dans une querelle mal fondée.

TITUS.- Ni toi, ni lui, vous n'êtes plus mes fils: mes fils n'auraient jamais voulu me déshonorer. Traître, rends Lavinia à l'empereur.

LUCIUS.- Morte, si vous le voulez; mais non pas pour être son épouse, puisqu'elle est légitimement promise à la tendresse d'un autre.

(Il sort.)

SATURNINUS.- Non, Titus, non. L'empereur n'a pas besoin d'elle; ni d'elle, ni de toi, ni d'aucun de ta race; il me faut du temps pour me fier à celui qui m'a joué une fois; jamais tu n'auras ma confiance, ni toi, ni tes fils perfides et insolents, tous ligués ensemble pour me déshonorer. N'y avait-il donc dans Rome que Saturninus, dont tu pusses faire l'objet de tes insultes ? Cette conduite, Andronicus, cadre bien avec tes insolentes vanteries lorsque tu dis que j'ai mendié l'empire de tes mains.

TITUS.- O c'est monstrueux ! quels sont ces reproches ?

SATURNINUS.- Poursuis; va, cède cette créature volage à celui qui brandit pour elle son épée, tu auras un vaillant gendre, un homme bien fait pour se quereller avec tes fils déréglés et pour exciter des tumultes dans la république de Rome.

TITUS.- Ces paroles sont autant de rasoirs pour mon coeur blessé.

SATURNINUS.- Et vous, aimable Tamora, reine des Goths, qui surpassez en beauté les plus belles dames romaines, comme Diane au milieu de ses nymphes, si vous agréez ce choix soudain que je fais, dans l'instant même, Tamora, je vous choisis pour épouse, et je veux vous créer impératrice de Rome.- Parlez, reine des Goths, applaudissez-vous à mon choix ? Et je le jure ici par tous les dieux de Rome, puisque le pontife et l'eau sacrée sont si près de nous, que ces flambeaux sont allumés, et que tout est préparé pour l'hyménée, je ne reverrai point les rues de Rome, ni ne monterai à mon palais, que je n'emmène avec moi de ce lieu mon épouse.

TAMORA.- Et ici, à la vue du ciel, je jure à Rome, que si Saturninus élève à cet honneur la reine des Goths, elle sera l'humble servante, la tendre nourrice et la mère de sa jeunesse.

SATURNINUS.- Montez, belle reine, au Panthéon. Seigneurs, accompagnez votre illustre empereur, et sa charmante épouse, envoyée par le ciel au prince Saturninus, dont la sagesse répare l'injustice de sa fortune: là, nous accomplirons les cérémonies de notre hymen.

(Saturninus sort avec son cortége; avec lui sortent aussi Tamora et ses fils, Aaron et les Goths.)

TITUS ANDRONICUS, *seul*.- Je ne suis pas invité à suivre cette mariée.- Titus, quand donc t'es-tu jamais vu ainsi seul, déshonoré, et provoqué par mille affronts ?

MARCUS.- Ah ! vois, Titus, vois, vois ce que tu as fait; tuer un fils vertueux dans une injuste querelle !

TITUS.- Non, tribun insensé, non; il n'est point mon fils,- ni toi, ni ces hommes complices de l'attentat qui a déshonoré toute notre famille. Indigne frère ! indignes enfants !

LUCIUS.- Mais accordez-lui du moins la sépulture convenable, donnez à Mutius une place dans le tombeau de nos frères.

TITUS.- Traîtres, écartez-vous: il ne reposera point dans cette tombe. Ce monument subsiste depuis cinq siècles, je l'ai reconstruit avec magnificence: ici ne reposent avec gloire que les guerriers, et les serviteurs de Rome; il n'y a point de place pour celui qui a été tué dans une querelle honteuse ! Allez l'ensevelir où vous pourrez, il n'entrera pas ici.

MARCUS.- Mon frère, c'est en vous une impiété; les exploits de mon neveu Mutius parlent en sa faveur; il doit être enseveli avec ses frères.

QUINTUS ET MARTIUS.- Il le sera, ou nous le suivrons.

TITUS.- *Il le sera*, dites-vous ? Quel est l'insolent qui a proféré ce mot ?

QUINTUS.- Celui qui le soutiendrait en tout autre lieu que celui-ci.

TITUS.- Quoi ! voudriez-vous l'y ensevelir malgré moi ?

MARCUS.- Non, noble Titus, mais nous te supplions de pardonner à Mutius, et de lui accorder la sépulture.

TITUS.- Marcus, c'est toi-même qui as abattu mon cimier, c'est toi qui, avec ces enfants, as blessé mon honneur: je vous tiens tous pour mes ennemis: ne m'importunez plus davantage, mais allez-vous-en.

LUCIUS.- Il est hors de lui.- Retirons-nous.

QUINTUS.- Moi, non, jusqu'à ce que les ossements de Mutius soient ensevelis.

(Le frère et les enfants se jettent aux genoux d'Andronicus.)

MARCUS.- Mon frère, la nature parle dans ce titre.

QUINTUS.- Mon père, la nature parle dans ce nom.

TITUS.- Ne me parlez plus, si vous tenez à votre bonheur.

MARCUS.- Illustre Titus, toi qui es plus que la moitié de mon âme.

LUCIUS.- Mon bon père, l'âme et la vie de nous tous...

MARCUS.- Permets que ton frère Marcus enterre ici dans l'asile de la vertu son noble neveu, qui est mort dans la cause de l'honneur et de Lavinia: tu es Romain, ne sois donc pas barbare. Les Grecs, mieux conseillés, consentirent à ensevelir Ajax[7], qui s'était tué lui-même, et le sage fils de Laërte plaida éloquemment pour ses funérailles: ne refuse donc pas l'entrée de ce tombeau au jeune Mutius qui faisait ta joie.

[Note 7: «Allusion évidente à l'*Ajax* de Sophocle, dont il n'existait aucune traduction du temps de Shakspeare» (STEVENS.)]

TITUS.- Lève-toi, Marcus, lève-toi.- Le plus triste jour que j'aie vu jamais, c'est celui-ci; être déshonoré par mes enfants à Rome ! Allons, ensevelissez-le... et moi après.

(Ses frères déposent Mutius dans le tombeau.)

LUCIUS.- Cher Mutius, repose ici avec tes frères jusqu'à ce que nous venions orner ta tombe de trophées.

TOUS.- Que personne ne verse des larmes sur le noble Mutius: celui-là vit dans la renommée qui mourut pour la cause de la vertu.

MARCUS.- Mon frère, pour faire diversion à ce mortel chagrin, dis-moi comment il arrive que la rusée reine des Goths se trouve soudain la souveraine de Rome ?

TITUS.- Je l'ignore, Marcus; mais je sais que cela est. Si c'était prémédité ou non, le ciel peut le dire; mais n'a-t-elle donc pas des obligations à l'homme qui l'a amenée de si loin pour monter ici à cette fortune suprême ? Oui, et elle le récompensera généreusement.

(Une fanfare.- L'empereur, Tamora, Chiron et Démétrius, avec le More Aaron et la suite, entrent par une porte du Capitole: Bassianus et

Lavinia, avec leurs amis paraissent à l'autre porte.)

SATURNINUS.- Ainsi, Bassianus, vous tenez votre conquête; que le ciel vous rende heureux avec votre belle épouse !

BASSIANUS.- Et vous, avec la vôtre, seigneur; je n'en dis pas davantage, et ne vous en souhaite pas moins; et je vous fais mes adieux.

SATURNINUS.- Traître, si Rome a des lois ou nous quelque pouvoir, toi et ta faction vous vous repentirez de ce rapt.

BASSIANUS.- Appelez-vous un *rapt*, seigneur, de prendre mon bien, celle qui fut ma fiancée fidèle et qui est à présent ma femme ? Mais que les lois de Rome en décident; en attendant, je suis possesseur de ce qui est à moi.

SATURNINUS.- Fort bien, fort bien, vous êtes bref, seigneur, mais si nous vivons, je serai aussi tranchant avec vous.

BASSIANUS.- Seigneur, je dois répondre de ce que j'ai fait, du mieux que je pourrai, et j'en répondrai sur ma tête. Je n'ai plus qu'une chose à faire savoir à Votre Majesté;- par tous les devoirs que j'ai envers Rome, ce noble seigneur, Titus que voilà ici, est outragé dans l'opinion d'autrui et dans son honneur; lui qui, pour vous rendre Lavinia, a tué de sa propre main son plus jeune fils par zèle pour vous, et enflammé de colère de se voir traversé dans le don qu'il avait franchement fait. Rendez-lui donc vos bonnes grâces, Saturninus, à lui, qui s'est montré dans toutes ses actions le père et l'ami de Rome et de vous.

TITUS.- Prince Bassianus, laisse-moi le soin de rappeler mes actions. C'est toi, et mes fils qui m'avez déshonoré. Que Rome et le juste ciel soient mes juges, et disent combien j'ai chéri et honoré Saturninus.

TAMORA, *à l'empereur*.- Mon digne souverain, si jamais Tamora a pu plaire aux yeux de Votre Majesté, daignez m'entendre parler avec impartialité pour tous, et à ma prière, cher époux, pardonnez le passé.

SATURNINUS.- Quoi, madame, me voir déshonoré publiquement, et le souffrir lâchement sans en tirer vengeance !

TAMORA.- Non pas, seigneur; que les dieux de Rome me préservent d'être jamais l'auteur de votre déshonneur. Mais, sur mon honneur, j'ose protester de l'innocence du brave Titus dans ce qui s'est passé; et sa fureur, qu'il n'a pas dissimulée, atteste son chagrin. Daignez donc, à ma prière, le regarder d'un oeil favorable: ne perdez pas, sur un soupçon injuste, un si noble ami, et n'affligez pas de vos regards irrités son coeur généreux. (*A part à l'empereur.*) Seigneur, laissez-vous guider par moi, laissez-vous gagner: dissimulez tous vos chagrins et vos ressentiments; vous n'êtes que depuis un moment placé sur le trône; craignez que le peuple et les patriciens aussi, après un examen approfondi, ne prennent le parti de Titus, et ne nous renversent, en nous accusant d'ingratitude, ce que Rome tient pour un crime odieux. Cédez à leurs prières, et laissez-moi faire. Je trouverai un jour pour les massacrer tous, pour effacer de la terre leur faction et leur famille, ce père cruel et ses perfides enfants, à qui j'ai demandé en vain la vie de mon fils chéri; je leur ferai connaître ce qu'il en coûte pour laisser une reine s'agenouiller dans les rues, et demander grâce en vain. (*Haut.*) Allons, allons, mon cher empereur.- Approchez, Andronicus.- Saturninus, relevez ce bon vieillard, et consolez son coeur, accablé sous les menaces de votre front courroucé.

SATURNINUS.- Levez-vous, Titus, levez-vous, mon impératrice a triomphé.

TITUS.- Je rends grâces à Votre Majesté, et à elle, seigneur. Ces paroles et ces regards me redonnent la vie.

TAMORA.- Titus, je suis incorporée à Rome; je suis maintenant devenue Romaine par une heureuse adoption, et je dois conseiller l'empereur pour son bien. Toutes les querelles expirent en ce jour, Andronicus.- Et que j'aie l'honneur, mon cher empereur, de vous avoir réconcilié avec vos amis.- Quant à vous, prince Bassianus, j'ai donné ma parole à l'empereur que vous seriez plus doux et plus traitable.- Ne craignez rien, seigneur;- et vous aussi, Lavinia: guidés par mon conseil, vous allez tous, humblement à genoux, demander pardon à Sa Majesté.

LUCIUS.- Nous l'implorons, et nous prenons le ciel et Sa Majesté à témoin, que nous avons agi avec toute la modération qui nous a été possible, en défendant l'honneur de notre soeur et le nôtre.

MARCUS.- J'atteste la même chose sur mon honneur.

SATURNINUS.- Retirez-vous, et ne me parlez plus; ne m'importunez plus.

TAMORA.- Non, non, généreux empereur. Il faut que nous soyons tous amis. Le tribun et ses neveux vous demandent grâce à genoux; vous ne refuserez pas, cher époux, ramenez vos regards sur eux.

SATURNINUS.- Marcus, à ta considération, à celle de ton frère Titus, et cédant aux sollicitations de Tamora, je pardonne à ces jeunes gens leurs attentats odieux.- Levez-vous, Lavinia, quoique vous m'ayez abandonné comme un rustre. J'ai trouvé une amie; et j'ai juré par la mort, que je ne quitterais pas le prêtre sans être marié.- Venez: si la cour de l'empereur peut fêter deux mariées, vous serez ma convive, Lavinia, vous et vos amis.- Ce jour sera tout entier à l'amour, Tamora.

TITUS.- Demain, si c'est le bon plaisir de Votre Majesté, que nous chassions la panthère et le cerf ensemble, nous irons donner à Votre Majesté le *bonjour* avec les cors et les meutes.

SATURNINUS.- Volontiers, Titus; et je vous en remercie.

(Ils sortent.)

FIN DU PREMIER ACTE.

ACTE DEUXIÈME

SCÈNE I[8]

Rome.- La scène est devant le palais impérial.

AARON.

[Note 8: Cette scène, selon Johnson, doit continuer le premier acte.]

AARON.- Maintenant Tamora monte au sommet de l'Olympe, loin de la portée des traits de la fortune: elle est assise là-haut à l'abri des feux de l'éclair, ou des éclats de la foudre; elle est au-dessus des atteintes menaçantes de la pâle Envie. Telle que le soleil, lorsqu'il salue l'aurore, et que dorant l'Océan de ses rayons il parcourt le zodiaque dans son char radieux, et voit au-dessous de lui la cime des monts les plus élevés, telle est aujourd'hui Tamora.- Les grandeurs de la terre rendent hommage à son génie, et la vertu s'humilie et tremble à l'aspect sévère de son front. Allons, Aaron, arme ton coeur, et dispose tes pensées à s'élever avec ta royale maîtresse, pour parvenir à la même hauteur qu'elle: longtemps tu l'as traînée en triomphe sur tes pas, chargée des chaînes de l'amour; plus fortement attachée aux yeux séduisants d'Aaron, que ne l'était Prométhée aux rochers du Caucase. Loin de moi ces vêtements d'esclave, loin de moi les vaines pensées. Je veux briller et étinceler d'or et de perles, pour servir cette nouvelle impératrice; qu'ai-je dit, *servir* ? pour m'enivrer de plaisir avec cette reine, cette déesse, cette Sémiramis; cette reine, cette sirène qui charmera le Saturninus de Rome, et verra son naufrage et celui de ses États.- Qu'entends-je ? quel est ce bruit ?

(Chiron et Démétrius en querelle.)

DÉMÉTRIUS.- Chiron, tu es trop jeune, ton esprit est trop novice et manque trop d'usage pour prétendre au coeur que je recherche, et qui peut, sans que tu le sache m'être dévoué.

CHIRON.- Démétrius, tu es trop présomptueux en tout, et surtout en prétendant m'accabler par tes forfanteries: ce n'est pas la différence d'une année ou deux qui peut me rendre moins agréable et toi plus fortuné: j'ai tout ce qu'il faut, aussi bien que toi, pour servir ma maîtresse et mériter ses faveurs: et mon épée te le prouvera, et défendra mes droits à l'amour de Lavinia.

AARON.- Des massues, des massues[9] !- Ces amoureux ne pourront pas se tenir en paix.

[Note 9: C'était par ces mots qu'on appelait au secours quand une querelle avait lieu dans la rue.]

DÉMÉTRIUS.- Faible enfant, parce que notre mère a imprudemment attaché à ton côté une épée de danseur, as-tu la téméraire insolence de menacer tes amis ? Va clouer ta lame dans ton fourreau, jusqu'à ce que tu aies mieux appris à la manier.

CHIRON.- En attendant, avec le peu d'adresse que je puis avoir, tu vas connaître jusqu'où va mon courage.

(Ils tirent l'épée.)

DÉMÉTRIUS.- Ah ! mon garçon, es-tu devenu si brave ?

AARON.- Eh bien ! eh bien ! seigneurs ? Quoi ! osez-vous tirer l'épée si près du palais de l'empereur, et soutenir ouvertement une pareille querelle ? Je connais à merveille la source de cette animosité; je ne voudrais pas pour un million en or que la cause en fût connue de ceux qu'elle intéresse le plus; et, pour infiniment plus, que votre illustre mère fût ainsi déshonorée dans la cour de Rome. Ayez honte de vous-mêmes et remettez vos épées dans le fourreau.

CHIRON.- Non pas, moi, que je n'aie enfoncé ma rapière dans son sein, et que je ne lui aie fait rentrer dans la gorge tous les insultants reproches qu'il a prononcés ici à mon déshonneur.

DÉMÉTRIUS.- Je suis tout prêt et déterminé... Lâche aux mauvais propos, qui tonnes avec la langue et n'oses rien accomplir avec ton arme !

AARON.- Séparez-vous, vous dis-je.- Par les dieux qu'adorent les Goths belliqueux, ce petit querelleur nous perdra tous.- Comment ! prince, ne savez-vous pas combien il est dangereux d'empiéter sur les droits d'un prince ? Quoi, Lavinia est-elle donc devenue si abandonnée, ou Bassianus si dégénéré, que vous puissiez élever de semblables querelles pour l'amour de cette dame, sans contradiction, sans justice et sans vengeance ? Jeunes gens, prenez garde.- Si l'impératrice savait la cause de cette discorde, c'est une musique qui ne lui plairait pas.

CHIRON.- Je ne m'embarrasse guère qu'elle le sache, elle et le monde entier: j'aime Lavinia plus que le monde entier.

DÉMÉTRIUS.- Enfant, apprends à faire un choix plus humble: Lavinia est l'espérance de ton frère aîné.

AARON.- Quoi ! êtes-vous fous ?- Ne savez-vous pas combien ces Romains sont furieux et impatients, et qu'ils ne peuvent souffrir de rivaux dans leurs amours ? Je vous le dis, princes, vous tramez vous-mêmes votre mort par ce dessein.

CHIRON.- Aaron, je donnerais mille morts pour jouir de celle que j'aime.

AARON.- Pour jouir d'elle ! hé ! comment ?...

DÉMÉTRIUS.- Et qu'y a-t-il là de si étrange ? C'est une femme, par conséquent elle peut être recherchée; c'est une femme, par conséquent elle peut être conquise; c'est Lavinia, par conséquent elle doit être aimée. Allez, allez; il passe plus d'eau par le moulin que n'en voit le meunier; et nous savons de reste qu'il est aisé d'enlever une tranche au pain entamé sans qu'il y paraisse. Quoique Bassianus soit le frère de l'empereur, des gens qui valaient mieux que lui ont porté les insignes de Vulcain.

AARON, *à part*.- Oui, des gens comme Saturninus pourraient bien les porter aussi.

DÉMÉTRIUS.- Pourquoi donc désespérerait-il du succès, celui qui sait faire sa cour par de douces paroles, de tendres regards, et de riches présents ? Quoi, n'avez-vous pas souvent frappé une biche, et ne l'avez-vous pas enlevée proprement sous les yeux mêmes du garde ?

AARON.- Allons, il paraît que quelque jouissance à la dérobée vous ferait grand plaisir.

CHIRON.- Oui, certes.

DÉMÉTRIUS.- Aaron, tu as touché le but.

AARON.- Je voudrais que vous l'eussiez touché aussi. Nous ne serions plus fatigués de ce bruit. Eh bien, écoutez, écoutez-moi.- Etes-vous donc assez fous pour vous quereller pour cela ? Un moyen qui vous ferait réussir tous deux vous offenserait-il ?

CHIRON.- Non pas moi, d'honneur.

DÉMÉTRIUS.- Ni moi, pourvu que j'aie ma part.

AARON.- Allons, rougissez de votre querelle, et soyez amis; unissez-vous pour l'objet même qui vous divise. C'est la dissimulation et la ruse qui doivent faire ce que vous désirez. Et il faut vous dire que ce qu'on ne peut faire comme on le voudrait, il faut le faire comme on peut. Apprenez ceci de moi; Lucrèce n'était pas plus chaste que cette Lavinia, l'amante de Bassianus. Il faut tracer une marche plus rapide que ces lentes langueurs et j'ai trouvé le chemin. Princes, on prépare une chasse solennelle, les beautés romaines vont y accourir en foule; les allées des forêts sont larges et spacieuses; et il y a des réduits solitaires, que la nature semble avoir ménagés pour la perfidie et le rapt: écartez dans ces retraites votre jolie biche; si les paroles sont inutiles, obtenez-la par violence. Espérez le succès par ce moyen, ou renoncez-y. Allons, allons, nous instruirons notre impératrice, et son génie consacré au crime et à la vengeance, de tous les projets que nous méditons.- Elle saura assouplir les ressorts de notre entreprise par ses conseils, elle ne souffrira pas que vous vous querelliez et elle vous conduira tous deux au comble de vos voeux. La cour de l'empereur ressemble au temple de la Renommée; son palais est rempli d'yeux, d'oreilles et de langues; les bois, au contraire, sont impitoyables, effrayants, sourds et insensibles. C'est là, braves jeunes gens, qu'il faut parler, qu'il faut frapper et saisir votre avantage; assouvissez votre passion à l'abri des regards du ciel, et rassasiez-vous à loisir des trésors de Lavinia.

CHIRON.- Ton conseil, ami, ne sent pas la lâcheté.

DÉMÉTRIUS.- *Sit fas aut nefas*[10], peu importe; jusqu'à ce que je trouve le ruisseau qui peut apaiser mes ardeurs, et le charme qui peut calmer ces transports, *per Stygia et manes vehor*[11].

[Note 10: Permis ou non.]

[Note 11: Je suis transporté à travers le Styx et les mânes.]

SCÈNE II

Forêt près de Rome.- Cabane de garde à quelque distance: on entend des cors et les cris d'une meute.

Entrent TITUS ANDRONICUS *avec des chasseurs*; MARCUS, LUCIUS, QUINTUS, MARTIUS.

TITUS.- La chasse est en train, la matinée est brillante et gaie, les champs sont parfumés, les bois sont verts; découplons ici la meute, et faisons aboyer les chiens pour réveiller l'empereur et sa belle épouse et faire lever le prince; sonnons si bien du cor que toute la cour retentisse du bruit. Mes enfants, chargez-vous, avec nous, du soin d'accompagner et de protéger la personne de l'empereur. J'ai été troublé cette nuit dans mon sommeil; mais le jour naissant a consolé mon coeur. (*Fanfares des cors. Entrent Saturninus, Tamora, Bassianus, Lavinia, Chiron, Démétrius et leur suite.*) Mille heureux jours à Votre Majesté !- Et à vous aussi, madame ! J'avais promis à Vos Majestés l'appel d'un chasseur.

SATURNINUS.- Et vous l'avez, rigoureusement sonné, seigneur, et peut-être un peu trop matin pour de nouvelles mariées.

BASSIANUS.- Qu'en dites-vous, Lavinia ?

LAVINIA.- Je dis que non: il y avait deux heures et plus que j'étais tout éveillée.

SATURNINUS.- Allons, qu'on amène nos chariots et nos chevaux, et partons pour notre chasse.- (*A Tamora.*) Madame, vous allez voir notre chasse romaine.

MARCUS.- Seigneur, j'ai des chiens qui réclameront la plus fière panthère, et qui monteront jusqu'à la cime du promontoire le plus élevé.

TITUS.- Et moi, j'ai un cheval qui suivra le gibier dans tous ses détours, et qui rasera la plaine comme une hirondelle.

DÉMÉTRIUS, *à son frère*.- Chiron, nous ne chassons pas, nous, avec des chevaux ni des chiens; mais nous espérons forcer une jolie biche.

(Tous partent.)

SCÈNE III

On voit une partie de la forêt déserte et sauvage.

AARON, *avec un sac d'or*.

AARON.- Un homme qui aurait du sens croirait que je n'en ai pas d'ensevelir tant d'or sous un arbre, pour ne jamais le posséder ensuite. Que celui qui concevra de moi une si pauvre opinion sache que cet or doit forger un stratagème qui, adroitement ménagé, produira un excellent tour de scélératesse. Ainsi, repose ici, cher or, pour ôter le repos à ceux qui recevront l'aumône de la cassette de l'impératrice.

(Il cache l'or.)

(Entre Tamora.)

TAMORA.- Mon aimable Aaron, pourquoi as-tu l'air triste, lorsque tout est riant autour de toi ? Sur chaque buisson les oiseaux chantent des airs mélodieux: le serpent dort enroulé aux rayons du soleil; un zéphyr rafraîchissant agite doucement les feuilles vertes, dont les ombres mobiles se dessinent sur la terre. Asseyons-nous, Aaron, sous leur doux ombrage; et tandis que l'écho babillard se moque des chiens, en répondant de sa voix grêle aux sons éclatants des cors, comme si l'on entendait à la fois une double chasse, reposons-nous, écoutons le bruit de leurs abois; et après une lutte comme celle dont on dit que jouirent jadis Didon et le prince errant, lorsque, surpris par un heureux orage, ils se réfugièrent à l'ombre d'une grotte discrète, nous pourrons, enlacés dans les bras l'un de l'autre, après nos doux ébats, goûter un sommeil doré, tandis que la voix des chiens, les cors et le ramage des oiseaux seront pour nous ce qu'est le chant de la nourrice pour endormir son nourrisson.

AARON.- Madame, si Vénus gouverne vos désirs, Saturne domine sur les miens[12].- Que signifient mon oeil farouche et fixe, mon silence et ma sombre mélancolie ? la toison de ma chevelure laineuse déroulée comme un serpent qui s'avance pour accomplir un projet funeste ? Non, madame, ce ne sont pas là des symptômes amoureux. La vengeance est dans mon coeur, la mort est dans mes mains; mon cerveau ne roule que projets de sang et de carnage. Écoutez, Tamora, vous, la souveraine de mon âme, qui n'espère d'autre ciel que celui que vous me donnez; voici le jour fatal pour Bassianus: il faut que sa Philomèle perde sa langue aujourd'hui; que vos enfants pillent les trésors de sa chasteté, et lavent leurs mains dans le sang de Bassianus. Voyez-vous cette lettre ? prenez-la, je vous prie, et donnez au roi ce rouleau chargé d'un complot sinistre.- Ne me faites point de questions en ce moment; nous sommes espionnés: je vois venir à nous une portion de notre heureuse proie; ils ne songent guère à la destruction de leur vie.

[Note 12: Saturne, dans l'astrologie, est la planète des coeurs froids.]

TAMORA.- Ah ! mon cher More, plus cher pour moi que la vie !

AARON.- Pas un mot de plus, grande impératrice; Bassianus vient; soyez dure avec lui, et j'amènerai vos enfants pour soutenir vos querelles quelles qu'elles soient.

(Aaron sort.)

(Entre Bassianus et Lavinia.)

BASSIANUS.- Qui rencontrons-nous ici ? Est-ce la souveraine impératrice de Rome, séparée de son brillant cortége ? Est-ce Diane, vêtue comme elle, qui aurait quitté ses bois sacrés pour voir la grande chasse dans cette forêt ?

TAMORA.- Espion insolent de nos démarches privées, si j'avais le pouvoir qu'on attribue à Diane, ton front serait à l'instant surmonté de cornes comme celui d'Actéon; et les chiens donneraient la chasse à tes membres métamorphosés, importun, impoli que tu es !

LAVINIA.- Avec votre permission, aimable impératrice, on vous croit douée du don des cornes; et l'on pourrait soupçonner que votre More et vous vous êtes écartés pour faire des expériences. Que Jupiter préserve aujourd'hui votre époux des poursuites de sa meute ! Il serait malheureux qu'ils le prissent pour un cerf.

BASSIANUS.- Croyez-moi, reine, votre noir Cimmérien[13] donne à Votre Honneur la couleur de son corps; il le rend comme lui, souillé, détesté et abominable. Pourquoi êtes-vous ici séparée de toute votre suite; pourquoi êtes-vous descendue de votre beau coursier blanc comme la neige, et errez-vous ici dans un coin écarté, accompagnée d'un barbare More, si vous n'y avez pas été conduite par d'impurs désirs ?

[Note 13: *Cimmeriæ tenebræ.* Cimmérien ici veut dire noir, par l'analogie qui existe entre le pays nébuleux des Cimmériens et la couleur noire.]

LAVINIA.- Et vous voyant troublée dans vos passe-temps, il est bien naturel que vous taxiez mon noble époux d'insolence. (*A Bassianus.*) Je vous en prie, quittons, ces lieux, et laissons-la jouir à son gré de son amant noir comme le corbeau: cette vallée convient à merveille à ses desseins.

BASSIANUS.- Le roi, mon frère, sera informé de ceci.

LAVINIA.- Oui, car ces écarts l'ont déjà fait remarquer. Ce bon roi ! être si indignement trompé !

TAMORA.- D'où me vient la patience d'endurer tout ceci ?

(Entrent Chiron et Démétrius.)

DÉMÉTRIUS.- Quoi donc, chère souveraine, notre gracieuse mère, pourquoi Votre Majesté est-elle si pâle et si défaite ?

TAMORA.- Et n'en ai-je pas bien sujet, dites-moi, d'être pâle ? Ces deux ennemis m'ont attirée dans ce lieu que vous voyez être une vallée horrible et déserte: les arbres, au milieu de l'été, sont encore dépouillés et nus, couverts de mousse et du gui funeste: le soleil ne brille jamais ici; rien de vivant que le nocturne hibou et le sinistre corbeau; et en me montrant cet abîme horrible, ils m'ont dit qu'ici, au plus profond de la nuit, mille démons, mille serpents sifflants, dix mille crapauds gonflés de poisons, et autant d'affreux hérissons, feraient des cris si terribles et si confus que tout mortel en les entendant deviendrait fou à l'instant ou mourrait tout d'un coup[14]: aussitôt après m'avoir fait cet infernal récit, ils m'ont menacée de m'attacher au tronc d'un if mélancolique, et de m'y abandonner à cette cruelle mort; ensuite ils m'ont appelée infâme, adultère, Gothe débauchée, et m'ont accablée de tous les noms les plus insultants que jamais oreille humaine ait entendus. Si une bonne fortune merveilleuse ne vous eût pas conduits dans ce lieu, ils allaient exécuter sur moi cette vengeance. Vengez-moi si vous aimez la vie de votre mère, ou renoncez à vous appeler jamais mes enfants.

[Note 14: On prétendait que la mandragore poussait un cri plaintif quand on l'ouvrait.]

DÉMÉTRIUS, *poignardant Bassianus*.- Voilà la preuve que je suis votre fils.

CHIRON, *lui portant aussi un coup de poignard*.- Et ce coup, enfoncé jusqu'au coeur, pour prouver ma force.

LAVINIA.- Courage, Sémiramis, ou plutôt barbare Tamora; car il n'est point d'autre nom que le tien qui convienne à ta nature.

TAMORA, *à son fils*.- Donnez-moi votre poignard: vous verrez, mes enfants, que la main de votre mère saura venger l'outrage fait à votre mère.

DÉMÉTRIUS.- Arrêtez, madame: nous lui devons d'autres

vengeances: d'abord battons le blé, et après brûlons la paille; cette mignonne fonde son orgueil sur sa chasteté, sur son voeu nuptial, sur sa fidélité; et, fière de ces spécieuses apparences, elle brave Votre Majesté. Eh ! emportera-t-elle cet orgueil au tombeau ?

CHIRON.- Si elle l'y emporte, je consens qu'on me fasse eunuque: traînons son époux hors de ce lieu, dans quelque fosse cachée, et que son cadavre serve d'oreiller à nos voluptés.

TAMORA.- Mais lorsque vous aurez savouré le miel qui vous tente, ne laissez pas survivre cette guêpe pour nous piquer de son aiguillon.

CHIRON.- Je vous promets, madame, d'y mettre bon ordre.- Allons, ma belle, la violence va nous faire jouir de cet honneur si scrupuleusement conservé.

LAVINIA.- O Tamora ! tu portes la figure d'une femme...

TAMORA.- Je ne veux pas l'entendre parler davantage: entraînez-la loin de moi.

LAVINIA.- Chers seigneurs, priez-la d'entendre seulement un mot de moi.

DÉMÉTRIUS.- Écoutez-la, belle reine: faites-vous un triomphe de voir couler ses larmes: mais que votre coeur les reçoive comme le rocher insensible les gouttes de pluie.

LAVINIA, *à Démétrius*.- Depuis quand les jeunes tigres donnent-t-ils des leçons à leur mère ? Oh ! ne lui apprends pas la cruauté: c'est elle qui te l'a enseignée. Le lait que tu as sucé de son sein s'est changé en marbre: tu as puisé dans ses mamelles même ta tyrannie.- (*A Chiron.*) Et cependant toutes les mères n'enfantent pas des fils qui leur ressemblent. Prie-la de montrer la pitié d'une femme.

CHIRON.- Quoi ! voudrais-tu que je prouvasse par ma conduite que je suis un bâtard !

LAVINIA.- Il est vrai le noir corbeau n'engendre pas l'alouette.

Cependant j'ai ouï dire (oh ! si je pouvais le voir vérifier aujourd'hui !) que le lion, touché de pitié, souffrit qu'on coupât ses griffes royales; on dit que les corbeaux nourrissent les enfants abandonnés, tandis que leurs propres petits oiseaux sont affamés dans leur nid. En dépit de ton coeur barbare, montre-toi, non pas aussi généreux, mais susceptible de quelque pitié.

TAMORA.- Je ne sais ce que cela veut dire: entraînez-la.

LAVINIA.- Ah ! permets que je te l'enseigne: au nom de mon père qui t'a donné la vie; lorsqu'il aurait pu te tuer, ne t'endurcis point; ouvre tes oreilles sourdes.

TAMORA.- Quand tu ne m'aurais jamais personnellement offensée, le nom de ton père me rendrait impitoyable pour toi.- Souvenez-vous, mes enfants, que mes larmes ont coulé en vain pour sauver votre frère du sacrifice: le cruel Andronicus n'a pas voulu s'attendrir: emmenez-la donc; traitez-la à votre gré: plus vous l'outragerez et plus vous serez aimés de votre mère.

LAVINIA.- O Tamora, mérite le nom d'une reine généreuse, en me tuant ici de ta propre main: car ce n'est pas la vie que je te demande depuis si longtemps, je suis morte depuis que Bassianus a été tué !

TAMORA.- Que demandes-tu donc ? Femme insensée, laisse-moi.

LAVINIA.- C'est la mort à l'instant que j'implore; et une grâce encore, que la pudeur empêche ma langue de nommer. Ah ! sauve-moi de leur passion, plus fatale pour moi que le coup de la mort, et jette-moi dans quelque abîme odieux, où jamais l'oeil de l'homme ne puisse considérer mon corps: fais cela et sois un meurtrier charitable.

TAMORA.- Je volerais à mes chers fils leur salaire ! non; qu'ils assouvissent sur toi leurs désirs.

DÉMÉTRIUS, *l'entraînant*.- Allons, viens: tu n'es restée ici que trop longtemps.

LAVINIA.- Point de grâce, point de pitié de femme ! Ah ! brutale créature, l'opprobre et l'ennemie de tout notre sexe ! que la destruction tombe....

CHIRON.- Ah ! je vais te fermer la bouche. (*Il la saisit et l'entraîne.*) (*A son frère.*) Toi, traîne son mari; voici la fosse où Aaron nous a dit de le cacher.

(Ils sortent en traînant leur victime.)

TAMORA.- Adieu, mes enfants: songez à la bien mettre en sûreté. Que jamais mon coeur ne goûte un véritable sentiment de joie jusqu'à ce que la race entière des Andronicus soit détruite. Maintenant je vais chercher mon aimable More et laisser mes enfants irrités déshonorer cette malheureuse.

(Elle sort.)

(Entrent Aaron, Quintus et Martius.)

AARON.- Venez, mes seigneurs, mettez en avant votre meilleur pied; je vais tout à l'heure vous conduire à la fosse dégoûtante où j'ai découvert la panthère profondément endormie.

QUINTUS.- Ma vue est extrêmement obscurcie, quel qu'en soit le présage.

MARTIUS.- Et la mienne aussi, je vous le proteste; si ce n'était pas une honte, je laisserais volontiers la chasse pour dormir quelques instants.

(Martius tombe dans la fosse.)

QUINTUS.- Quoi, es-tu tombé ? Quel dangereux précipice, dont l'ouverture est couverte par des ronces touffues dont les feuilles sont teintes d'un sang tout nouvellement répandu, et aussi frais que la rosée du matin distillée sur les fleurs ! Cet endroit me semble fatal.- Parle-moi, mon frère, t'es-tu blessé dans ta chute ?

MARTIUS.- O mon frère ! je suis blessé par l'aspect du plus triste objet dont la vue ait fait gémir mon coeur.

AARON, *à part*.- Maintenant je vais chercher le roi et l'amener ici, afin qu'il les y trouve; il verra là un indice probable que ce sont eux qui ont assassiné son frère.

(Aaron sort.)

MARTIUS, *du fond de la fosse*.- Pourquoi ne me consoles-tu pas et ne m'aides-tu pas à sortir de cet exécrable fosse toute souillée de sang ?

QUINTUS.- Je me sens saisi d'une terreur extraordinaire: une sueur glacée inonde tous mes membres tremblants; mon coeur soupçonne plus de choses que n'en voient mes yeux.

MARTIUS.- Pour te prouver que ton coeur devine juste, Aaron et toi, regardez dans cette caverne, et voyez un affreux spectacle de mort et de sang.

QUINTUS.- Aaron est parti: et mon coeur compatissant ne peut permettre à mes yeux de regarder l'objet dont le soupçon seul le fait frissonner; oh ! dis-moi ce que c'est: jamais, jusqu'à ce moment, je n'ai jamais été assez enfant pour craindre sans savoir pourquoi.

MARTIUS.- Le prince Bassianus est gisant en un monceau, comme un agneau égorgé, dans cet antre détestable, ténébreux et abreuvé de sang.

QUINTUS.- Si cet antre est si sombre, comment peux-tu savoir que c'est lui ?

MARTIUS.- Il porte à son doigt sanglant un anneau précieux[15] dont les feux éclairent toute cette profondeur, comme une lampe sépulcrale dans un monument brille sur les visages terreux des morts et montre les entrailles rugueuses de cet abîme: telle la pâle lueur de la lune tombait sur Pyrame, gisant dans la nuit et baigné dans son sang.- O mon frère ! aide-moi de ta main défaillante... si la crainte t'a rendu aussi faible que je le suis..... Aide-moi à sortir de ce cruel et dévorant repaire, aussi odieux que la bouche obscure du Cocyte.

[Note 15: «On suppose ici que cette bague jette non pas une lumière réfléchie mais une lumière qui lui est propre.» (JOHNSON)]

QUINTUS.- Tends-moi la main, afin que je puisse t'aider à remonter... ou, si la force me manque pour te rendre ce service, je serai entraîné par ton poids dans le sein de cet abîme, tombeau du pauvre Bassianus. Ah ! je n'ai pas la force de t'attirer sur le bord.

MARTIUS.- Et moi, je n'ai pas la force de monter sans ton secours.

QUINTUS.- Donne-moi ta main encore une fois, je ne la lâcherai pas cette fois que tu ne sois dehors, ou moi au fond.- Tu ne peux venir à moi, je viens à toi.

(Il tombe dans la caverne.)

(Entrent Saturninus et Aaron.)

SATURNINUS.- Venez avec moi.- Je veux voir quel trou il y a ici, et quel est celui qui vient de s'y précipiter.- Parle, qui es-tu, toi qui viens de descendre dans cette crevasse de la terre ?

MARTIUS.- Le malheureux fils du vieil Andronicus, conduit ici par la plus fatale destinée, pour y trouver ton frère Bassianus mort.

SATURNINUS.- Mon frère mort ? Tu ne parles pas sérieusement; son épouse et lui sont vers le nord de la forêt, au rendez-vous de cette agréable chasse; il n'y a pas encore une heure que je l'y ai laissé.

MARCUS.- Nous ne savons pas où vous l'avez laissé vivant, mais, hélas ! nous l'avons trouvé mort ici.

(Entrent Tamora et sa suite, Andronicus et Lucius.)

TAMORA.- Où est mon époux, où est l'empereur ?

SATURNINUS.- Ici, Tamora; mais navré d'un chagrin mortel.

TAMORA.- Où est votre frère Bassianus ?

SATURNINUS.- Oh ! vous touchez au fond de ma blessure;

l'infortuné Bassianus est ici assassiné.

TAMORA.- Alors je vous apporte trop tard ce fatal écrit, le plan de cette tragédie prématurée; et je suis bien étonnée que le visage d'un homme puisse cacher dans les replis d'un sourire gracieux tant de cruauté et de barbarie.

(Elle donne une lettre à Saturninus.)

SATURNINUS *la lit*.- «Si nous manquons de le joindre à propos;- mon bon chasseur !- C'est Bassianus, que nous voulons dire.- Songe seulement à creuser un tombeau pour lui; tu nous entends.- Va chercher ta récompense sous les orties au pied du sureau, qui couvre de son ombrage l'ouverture de cette même fosse où nous avons résolu d'enterrer Bassianus, fais cela et tu acquerras en nous des amis sûrs.»

O Tamora ! a-t-on jamais entendu rien de pareil ? Voici la fosse, et voilà le sureau; voyez, amis, si vous pourriez découvrir le chasseur qui doit avoir assassiné ici Bassianus.

AARON, *cherchant*.- Mon digne souverain, voici le sac d'or.

(Il le montre.)

SATURNINUS, *à Titus*.- Deux dogues nés de toi, dogues cruels et sanguinaires, ont ôté ici la vie à mon frère. (*A sa suite*.) Arrachez-les de la fosse pour les traîner en prison; qu'ils y restent jusqu'à ce que nous ayons inventé pour leur supplice des tortures nouvelles et inouïes.

TAMORA.- Quoi ! ils sont dans cette fosse ? O prodige ! avec quelle facilité le meurtre se découvre !

TITUS.- Auguste empereur, je vous demande à genoux une grâce, avec des larmes qui ne coulent pas aisément, c'est que ce crime atroce de mes enfants maudits, maudits si leur crime est prouvé.....

SATURNINUS.- S'il est prouvé ! vous voyez qu'il est manifeste.- Qui a trouvé cette lettre ? Tamora, est-ce vous ?

TAMORA.- C'est Andronicus lui-même qui l'a ramassée.

TITUS.- Oui, c'est moi, seigneur; et cependant souffrez que je sois leur caution, car je fais voeu, par la tombe de mon vénérable père qu'ils seront toujours prêts à se présenter sur l'ordre de Votre Majesté; et à répondre sur leurs vies de vos soupçons.

SATURNINUS.- Tu ne seras pas leur caution; allons, suis-moi. Que les uns enlèvent le corps, et que d'autres emmènent les meurtriers; qu'ils ne disent pas une parole; la culpabilité est évidente; sur mon âme, s'il était une fin plus cruelle que la mort, je la leur ferais subir.

TAMORA.- Andronicus, je prierai le roi pour toi; ne crains rien pour tes fils, ils se tireront d'affaire.

TITUS.- Viens, Lucius, viens; ne t'arrête pas à leur parler.

(Ils sortent par différents côtés.)

SCÈNE IV

DÉMÉTRIUS *et* CHIRON, *avec* LAVINIA *violée, les mains et la langue coupées.*

DÉMÉTRIUS.- Va maintenant; dis, si tu peux parler, qui t'a coupé la langue et t'a déshonorée.

CHIRON.- Écris ta pensée, trahis ainsi tes sentiments; et, si tes moignons te le permettent, fais l'office d'écrivain.

DÉMÉTRIUS, *à Chiron.*- Vois, comme elle peut manifester son ressentiment avec des signes et des indices.

CHIRON, *à Lavinia.*- Va chez toi, demande de l'eau de senteur et lave tes mains.

DÉMÉTRIUS.- Elle n'a point de langue pour appeler ni de mains à laver; ainsi laissons-la à ses promenades silencieuses.

CHIRON.- Si j'étais à sa place, j'irais me pendre.

DÉMÉTRIUS.- Oui, si tu avais des mains pour t'aider à nouer la corde.

(Démétrius et Chiron sortent.)

(Entre Marcus.)

MARCUS.- Que vois-je ? Serait-ce ma nièce qui fuit si vite ? Ma nièce, un mot: où est ton mari ? Si c'est un songe, je voudrais me réveiller au prix de tout ce que je possède. Et si je suis éveillé, que l'influence de quelque astre fatal me frappe et me plonge dans un sommeil éternel.- Parle-moi, chère nièce, quelle main féroce et sans pitié t'a ainsi mutilée ? qui a coupé et dépouillé ton corps de ses deux branches, de ses doux ossements à l'ombre desquels des rois ont désiré de s'endormir sans pouvoir obtenir un aussi grand bonheur que la moitié de ta tendresse ?- Pourquoi ne me réponds-tu pas ?- Hélas ! un ruisseau cramoisi de sang fumant comme une source bouillante et agitée par le vent sort et tombe entre tes deux lèvres de rose, va et revient avec le souffle de ta respiration. Sûrement quelque nouveau Térée a profané ta fleur, et, pour t'empêcher de découvrir son forfait, t'a coupé la langue. Ah ! voilà que tu détournes ton visage confus,- et malgré tout ce sang que tu perds, et qui sort comme des trois bouches d'un conduit, tes joues se colorent encore comme la face de Titan lorsqu'il rougit d'être assailli par un nuage. Répondrai-je pour toi ? Dirai-je que cela est vrai ? Que ne puis-je lire dans ton coeur, et connaître cette bête féroce, afin que je puisse l'accabler d'injures pour soulager mon coeur ! Le chagrin caché, fermé comme un four fermé, brûle et calcine le coeur où il est renfermé. La belle Philomèle ne perdit que la langue; et elle parvint à broder ses sentiments sur un ennuyeux canevas; mais, toi, mon aimable nièce, cette ressource t'a été enlevée. Tu as rencontré un Térée plus rusé, qui a coupé ces jolis doigts qui auraient brodé bien mieux que ceux de Philomèle. Ah ! si le monstre avait vu ces mains de lis trembler, comme les feuilles du tremble, sur un luth, et faire frémir ses cordes de soie du plaisir d'en être caressées, il n'eût pu les toucher, au prix même de sa vie. S'il eût entendu la céleste harmonie que produisait cette langue mélodieuse, il eût laissé échapper de ses mains le couteau cruel, et se fût endormi, comme Cerbère aux pieds du poëte de Thrace.- Allons, viens, viens frapper ton père d'aveuglement; car une pareille vue doit rendre un père aveugle. Un orage d'une heure suffit pour noyer les prairies parfumées: que ne doivent donc pas produire sur les yeux de ton père des années de larmes ? Ne me fuis point: nous pleurerons avec toi; plût au ciel que nos larmes pussent soulager ta souffrance !

(Ils sortent tous deux.)

FIN DU DEUXIÈME ACTE.

ACTE TROISIÈME

SCÈNE I

Le théâtre représente une rue de Rome.

Les SÉNATEURS *et les* JUGES, *suivis de* MARCUS *et de* QUINTUS *enchaînés passent sur le théâtre, se rendant au lieu de l'exécution:* TITUS *les précède, parlant pour ses enfants.*

TITUS.- Écoutez-moi, vénérables pères. Nobles tribuns, arrêtez un moment, par pitié pour mon âge, dont la jeunesse fut employée à des guerres dangereuses, tandis que vous dormiez en paix; au nom de tout le sang que j'ai versé pour la grande cause de Rome, de toutes les nuits glacées pendant lesquelles j'ai veillé, au nom de ces larmes amères que vous voyez remplir sur mes joues les rides de la vieillesse; ayez pitié pour mes enfants condamnés, dont les âmes ne sont pas aussi perverses qu'on l'imagine ! J'ai perdu vingt-deux enfants sans jamais répandre une larme; morts dans le noble lit de l'honneur. (*Il se jette à terre, les juges passent tous près de lui.*) C'est pour ceux-ci, pour ceux-ci, tribuns, que j'écris sur la poussière l'angoisse profonde de mon coeur et les larmes de mon âme, qu'elles abreuvent la terre altérée: le sang de mes chers enfants la fera rougir de honte. (*Les sénateurs et les tribuns sortent avec les prisonniers.*) O terre ! je prodiguerai à ta soif plus de pleurs tombant de ces deux urnes vieillies, que le jeune avril ne te donnera de ses rosées; dans les ardeurs de l'été, je t'en arroserai encore: dans l'hiver, je fondrai tes neiges par mes larmes brûlantes, et j'entretiendrai une verdure éternelle sur ta surface, si tu refuses de boire le sang de mes chers fils. (*Entre Lucius avec son épée nue.*) Tribuns révérés; bons vieillards, délivrez mes enfants de leurs chaînes, révoquez l'arrêt de leur mort, et faites-moi dire, à moi, qui n'avais jamais pleuré, que mes larmes sont douées d'une éloquence persuasive.

LUCIUS.- Mon noble père, vous vous lamentez en vain; les tribuns ne vous entendent point; il n'y a personne ici, et vous racontez vos douleurs à une pierre.

TITUS.- Ah ! Lucius, laisse-moi plaider la cause de tes frères.- Respectables tribuns, je vous conjure encore une fois.

LUCIUS.- Mon vénérable père, il n'y a pas de tribuns pour vous entendre.

TITUS.- N'importe: s'ils m'entendaient, ils ne feraient pas attention à moi; ou bien, comme je leur suis entièrement inutile, ils m'entendraient sans avoir pitié de moi: c'est pourquoi je raconte mes douleurs aux pierres; si elles ne peuvent répondre à mes plaintes, du moins sont-elles en quelque sorte meilleures que les tribuns; elles n'interrompent point mon douloureux récit: quand je pleure, elles reçoivent humblement mes larmes et semblent pleurer avec moi. Si elles étaient vêtues de longues robes de deuil, Rome n'aurait point de tribun qui leur fût comparable. Oui, la pierre est molle comme la cire; les tribuns sont plus durs que les rochers: la pierre est silencieuse et ne blesse point; les tribuns avec leur langue condamnent les gens à mort: mais pourquoi te vois-je avec ton épée nue ?

LUCIUS.- C'était pour arracher à la mort mes deux frères; et, pour cette tentative, les juges ont prononcé contre moi la sentence d'un bannissement éternel.

TITUS.- Que tu es heureux ! Ils t'ont traité avec amitié. Quoi ! Lucius insensé, ne vois-tu pas que Rome n'est qu'un repaire de tigres ? Il faut aux tigres une proie; et Rome n'en a point d'autre à leur offrir que moi et les miens. Ah ! que tu es heureux d'être banni loin de ces tigres dévorants !- Mais qui vient ici avec notre frère Marcus ?

(Entrent Marcus et Lavinia.)

MARCUS.- Titus, prépare tes nobles yeux à pleurer, sinon il faudra que ton coeur se brise de douleur; j'apporte à ta vieillesse un chagrin dévorant.

TITUS.- Me dévorera-t-il ? Alors, montre-le-moi.

MARCUS, *montrant Lavinia*.- Ce fut là ta fille.

TITUS.- Oui, Marcus, et elle l'est encore.

LUCIUS.- Ah ! malheureux que je suis ! cet objet me tue.

TITUS.- Enfant au coeur faible, relève-toi et regarde-la.- Parle, ma Lavinia, quelle main maudite t'envoie ainsi mutilée devant les regards de ton père ? Quel insensé va porter de l'eau à l'Océan, ou jeter du bois dans Troie en flammes ? Avant que je t'eusse vue, ma douleur était au comble, et maintenant, comme le Nil, elle ne connaît plus de limites. Donnez-moi une épée, je trancherai mes mains aussi, car elles ont combattu pour Rome, et combattu en vain; elles ont nourri ma vie et prolongé mes jours pour cet horrible malheur: je les ai tendues en vain dans une prière inutile et elles ne m'ont servi qu'à des usages sans résultat, maintenant tout le service que je leur demande c'est que l'une m'aide à couper l'autre.- Il est bon, Lavinia, que tu n'aies plus de mains, car il est inutile d'en avoir pour servir Rome.

LUCIUS.- Parle, chère soeur; dis qui t'a ainsi martyrisée ?

MARCUS.- Hélas ! ce charmant organe de ses pensées, qui les exprimait avec une si douce éloquence, est arraché de sa jolie cage creuse où, comme un oiseau mélodieux, il chantait ces sons agréables et variés qui ravissait toutes les oreilles !

LUCIUS, *à Marcus*.- Toi, parle donc pour elle; dis, qui a commis cette action.

MARCUS.- Hélas ! je l'ai trouvée ainsi errante dans la forêt, cherchant à se cacher, comme la biche timide qui a reçu une blessure incurable.

TITUS.- Elle était ma biche chérie, et celui qui l'a blessée m'a fait plus de mal que s'il m'eût étendu mort. Maintenant je suis comme un homme sur un rocher environné d'une vaste étendue de mer, et qui voit la marée monter vague après vague, attendant le moment où un flot ennemi l'engloutira dans ses entrailles salées. C'est par ce chemin que mes malheureux fils ont marché à la mort: voilà ici mon autre fils condamné à l'exil, et voilà mon frère, qui pleure mes malheurs: mais de tous mes maux, celui qui porte à mon âme le coup le plus cruel, c'est le sort de ma chère Lavinia, qui m'est plus chère que mon âme. Si j'avais vu ton portrait dans cet état affreux, cela aurait suffi pour me rendre fou: que deviendrai-je, lorsque je te vois ainsi en personne dans cette horrible situation ? Tu n'as plus de mains pour essuyer tes larmes, ni de langue pour dire qui t'a ainsi martyrisée: ton époux est mort, et, pour sa mort, tes frères sont condamnés et exécutés à l'heure qu'il est.- Vois, Marcus: ah ! Lucius, mon fils, regardez-la. Quand j'ai nommé ses frères, de nouvelles larmes ont coulé sur ses joues comme une douce rosée sur un lis cueilli et déjà flétri.

MARCUS.- Peut-être pleure-t-elle parce qu'ils ont tué son mari: peut-être aussi parce qu'elle les sait innocents.

TITUS, *à sa fille*.- Si ce sont eux qui ont tué ton époux, réjouis-toi alors de ce que la loi a vengé sa mort.- Non, non, ils n'ont point commis un forfait aussi atroce: j'en atteste la douleur que montre leur soeur.- Ma chère Lavinia, laisse-moi baiser tes lèvres; ou fais-moi comprendre par quelques signes comment je pourrais te soulager. Veux-tu que ton bon oncle, et ton frère Lucius, et toi, et moi, nous allions nous asseoir autour de quelque fontaine, tous, les yeux baissés vers son onde, pour voir comment nos joues sont tachées par les larmes, semblables à des prairies encore humides du limon qu'a laissé sur leur surface une inondation ? Irons-nous attacher nos regards sur la fontaine jusqu'à ce que la douceur de ses eaux limpides soit altérée par l'amertume de nos larmes, ou bien veux-tu que nous coupions nos mains comme on a coupé les tiennes: ou que nous tranchions nos langues avec nos dents, et que nous passions, sans autre voix que nos signes muets, le reste de nos exécrables jours ? Que veux-tu que nous fassions ?- Nous, qui possédons nos langues, imaginons quelque plan de misères plus horribles pour étonner l'avenir de nos désastres.

LUCIUS.- Mon tendre père, cessez vos pleurs: car voyez comme votre désespoir fait pleurer et sangloter ma pauvre soeur.

MARCUS.- Prends patience, chère nièce.- Bon Titus, sèche tes yeux.

TITUS.- Ah ! Marcus, Marcus ! mon frère, je sais bien que ton mouchoir ne peut plus boire une seule de mes larmes; car toi, homme infortuné, tu l'as tout trempé des tiennes.

LUCIUS.- Ah ! ma chère Lavinia, je veux essuyer tes joues.

TITUS.- Vois, Marcus, vois; je comprends ses signes; si elle avait une langue pour parler, elle dirait en ce moment à son frère, ce que je viens de te dire; «que le mouchoir tout trempé des pleurs de son frère ne peut plus servir à essuyer ses joues humides.» O quelle sympathie de malheurs ! aussi éloignés de tout remède que les limbes le sont du ciel ! (Entre Aaron.)

AARON.- Titus Andronicus, l'empereur mon maître m'envoie te dire, que si tu aimes tes fils, vous pouvez, soit Marcus, soit Lucius, soit toi-même, vieillard, quelqu'un de vous, enfin, vous couper la main et l'envoyer au roi; qu'en retour il te renverra tes deux fils vivants, et que ce sera la rançon de leur crime.

TITUS.- O généreux empereur ! ô bon Aaron ! Le noir corbeau a-t-il donc jamais fait entendre des accents aussi semblables à ceux de l'alouette, qui nous avertit par ses chants du lever du soleil ? De tout mon coeur, je consens à envoyer ma main à l'empereur; bon Aaron, veux-tu m'aider à la couper ?

LUCIUS.- Arrêtez, mon père; non, vous n'enverrez point votre main, cette main glorieuse qui a terrassé tant d'ennemis, la mienne suffira; ma jeunesse a plus de sang à perdre que vous; et ce sera ma main qui servira à sauver la vie de mes frères.

MARCUS.- Laquelle de vos mains n'a pas défendu Rome, et brandi la hache d'armes sanglante, écrivant la destruction sur le casque des ennemis ? Ah ! vous n'avez point de main qui ne soit illustrée par de rares exploits, la mienne est restée oisive; qu'elle serve aujourd'hui de rançon pour arracher mes neveux à la mort; je l'aurai conservée alors pour un digne usage.

AARON.- Allons, convenez promptement; quelle main sera sacrifiée, de crainte qu'ils ne meurent, avant que leur pardon arrive.

MARCUS.- Ce sera ma main.

LUCIUS.- Non, par le ciel, ce ne sera pas la vôtre.

TITUS.- Mes amis, ne vous disputez plus; des herbes si flétries (*montrant ses mains*) sont bonnes à arracher, et ce doit être la mienne.

LUCIUS.- Mon tendre père, si l'on doit me croire ton fils, laisse-moi racheter mes deux frères de la mort.

MARCUS.- Pour l'amour de notre père, au nom de l'affection de notre mère, laisse-moi te prouver en ce moment la tendresse d'un frère.

TITUS.- Arrangez-vous entre vous; je veux bien épargner ma main.

LUCIUS.- Je vais chercher une hache.

MARCUS.- Mais c'est à moi qu'elle servira.

(Lucius et Marcus sortent.)

TITUS.- Approche, Aaron, je veux les tromper tous deux; prête-moi ta main, et je vais te donner la mienne.

AARON.- Si cela s'appelle tromper, je veux être honnête, et ne jamais tromper ainsi les hommes, tant que je vivrai. (*A part.*) Mais je te tromperai d'une autre manière, et tu le verras avant qu'il se passe une demi-heure.

(Il coupe la main à Titus.)

(Lucius et Marcus reviennent.)

TITUS.- Maintenant cessez votre dispute; ce qui devait être est fait. Bon Aaron, va, donne ma main à l'empereur. Dis-lui que c'est une main qui l'a protégé contre mille dangers; qu'il l'enterre; elle a mérité davantage; qu'elle obtienne du moins cela. Quant à mes fils, dis-lui que je les regarde comme des joyaux achetés à peu de frais, et cependant bien chèrement aussi, puisque je n'ai racheté que ce qui est à moi.

AARON.- Je pars, Andronicus; et, au prix de ta main, attends-toi à voir incessamment tes fils t'être rendus, (*à part*) leurs têtes, je veux dire. Oh ! comme cette scélératesse me nourrit par sa seule idée ! Que les fous fassent du bien, et que les beaux hommes cherchent à plaire; Aaron veut avoir l'âme aussi noire que son visage.

(Il sort.)

TITUS, *à sa fille*.- Je lève cette main qui me reste vers le ciel, et je fléchis jusqu'à terre ce corps caduc; s'il est quelque puissance qui prenne pitié des larmes des malheureux, c'est elle que j'implore. Quoi, veux-tu te prosterner avec moi ? Fais-le, chère âme; le ciel entendra nos prières, ou bien, avec nos soupirs, nous obscurcirons la voûte du ciel, et nous ternirons la face du soleil par une vapeur comme font quelquefois les nuages quand ils le pressent contre leur sein humide.

MARCUS.- Mon frère, demande des choses possibles, et ne te jette point dans cet abîme de chagrins.

TITUS.- Mon malheur n'est-il donc pas un abîme, puisqu'il n'a point de fond ? que ma douleur soit donc sans fond comme lui.

MARCUS.- Mais pourtant que ta raison gouverne ta douleur.

TITUS.- S'il était quelque raison pour mes misères, je pourrais contenir ma souffrance dans quelques bornes. Quand le ciel pleure, la terre n'est-elle pas inondée ? Si les vents sont cn fureur, la mer ne devient-elle pas furieuse, menaçant le firmament de son sein gonflé ? Et veux-tu avoir une raison de ce tumulte ? Je suis la mer; écoute la violence de ses soupirs. Ma fille est le firmament en pleurs, et moi la terre; il faut donc que la mer soit émue de ses soupirs; il faut donc que ma terre submergée et noyée par ses larmes continuelles devienne un déluge. Mes entrailles ne peuvent contenir mon désespoir; il faut donc que, comme un ivrogne, je le vomisse. Ainsi, laisse-moi en liberté, ceux qui perdent doivent avoir la liberté de se soulager le coeur par la méchanceté de leur langue.

(Entre un messager, portant deux têtes et une main.)

LE MESSAGER.- Digne Andronicus, tu es mal payé de cette noble main que tu as envoyée à l'empereur: voici les têtes de tes deux braves fils, et voilà ta main qu'on te renvoie avec mépris. Tes chagrins vont faire leur amusement, et ils se moquent de ton courage. Je souffre plus de penser à tes maux que du souvenir de la mort de mon père.

(Il sort.)

MARCUS.- Maintenant que le bouillant Etna s'éteigne en Sicile, et que mon coeur nourrisse la flamme éternelle d'un enfer ! C'est trop de maux pour pouvoir les supporter ! Pleurer avec ceux qui pleurent soulage un peu, mais un chagrin qu'on insulte est une double mort.

LUCIUS.- Quoi ! comment se peut-il que ce spectacle me fasse une blessure si profonde, et que l'odieuse vie ne succombe pas ? Se peut-il que la mort permette à la vie d'usurper son nom, quand la vie n'a plus d'autre bien que le souffle ?

(Lavinia lui donne un baiser.)

MARCUS.- Hélas ! pauvre coeur, ce baiser est sans consolation, comme l'eau glacée pour un serpent transi par la faim.

TITUS.- Quand finira cet effrayant sommeil ?

MARCUS.- Adieu, maintenant, toute illusion: meurs, Andronicus, tu ne dors pas: vois les têtes de tes deux fils, ta main guerrière tranchée, ta fille mutilée, ton autre fils banni, pâle et inanimé à cet horrible aspect; et moi, ton frère, froid et immobile comme une statue de pierre. Ah ! je ne veux plus chercher à modérer ton désespoir: arrache tes cheveux argentés, ronge de tes dents ton autre main, et que cet affreux spectacle ferme enfin tes yeux trop infortunés ! Voilà le moment de t'emporter: pourquoi restes-tu calme ?

TITUS, *riant*.- Ha, ha, ha.

MARCUS.- Pourquoi ris-tu ? ce n'est guère le moment.

TITUS.- Il ne me reste plus une seule larme à verser; d'ailleurs, ce désespoir est un ennemi qui veut envahir mes yeux humides, et les rendre aveugles en les forçant de payer le tribut de leurs larmes. Par quel chemin alors trouverais-je la caverne de la vengeance ? car ces deux têtes semblent me parler et me menacer de ne jamais entrer dans le séjour du bonheur, jusqu'à ce que tous ces malheurs retombent sur ceux qui les ont commis. Allons, voyons quelle tâche j'ai à remplir.- Vous, tristes compagnons, entourez-moi, afin que je puisse me tourner vers chacun de vous, et jurer à mon âme de venger vos affronts. Le voeu est prononcé.- Allons, mon frère, prends une tête, et moi je porterai l'autre dans cette main. Lavinia, tu seras employée à cette oeuvre: porte ma main, chère fille, entre tes dents. Toi, jeune homme, va-t'en, éloigne-toi de ma vue: tu es banni, et tu ne dois pas rester ici; cours chez les Goths, lève parmi eux une armée; et si tu m'aimes, comme je le crois, embrassons-nous et séparons-nous, car nous avons beaucoup à faire.

(Ils sortent tous, excepté Lucius.)

LUCIUS, *seul*.- Adieu, Andronicus, mon noble père, l'homme le plus malheureux qui ait jamais vécu dans Rome ! Adieu, superbe Rome: Lucius laisse ici, jusqu'à son retour, des gages plus chers que sa vie. Adieu, Lavinia, ma noble soeur; ah ! plût aux dieux que tu fusses ce que tu étais auparavant ! Mais à présent Lucius et Lavinia ne vivent plus que dans l'oubli et dans des chagrins insupportables. Si Lucius vit, il vengera vos outrages et forcera le fier Saturninus et son impératrice à mendier aux portes de Rome, comme autrefois Tarquin et sa reine. Je vais chez les Goths, et je lèverai une armée pour me venger de Rome et de Saturninus.

(Il sort.)

SCÈNE II

On voit un appartement dans la maison de Titus.

Un banquet est dressé. TITUS, MARCUS, LAVINIA *et le jeune* LUCIUS, *enfant de Lucius.*

TITUS.- Bon, bon.- Maintenant asseyons-nous, et songez à ne prendre de nourriture que ce qu'il en faut pour conserver en nous assez de forces pour venger nos affreux malheurs. Marcus, dénoue le noeud de ton douloureux embrassement; ta nièce et moi, pauvres créatures, sommes privés de nos mains, et nous ne pouvons exprimer notre profond chagrin en nous pressant de nos bras. Cette pauvre main droite qui me reste ne m'est laissée que pour tourmenter mon sein; et lorsque mon coeur, rendu fou par la souffrance, bat violemment dans cette prison de chair, je le réprime ainsi par mes coups. (*A Lavinia.*) Toi, carte de douleurs, qui me parles par signes, tu ne peux, quand ton coeur précipite ses battements douloureux, le frapper comme moi pour l'apaiser. Blesse-le par tes soupirs, ma fille; tue-le par des gémissements, ou saisis un petit couteau entre tes dents, et fais une ouverture là où palpite ton coeur, afin que toutes les larmes que laissent tomber tes pauvres yeux puissent couler dans cette fente et noyer dans des flots amers ce coeur insensé qui se lamente.

MARCUS.- Fi donc ! mon frère, fi donc ! N'enseigne point à ta fille à porter des mains homicides sur sa frêle vie !

TITUS.- Quoi, le chagrin te fait-il déjà extravaguer, Marcus ? ce n'est qu'à moi seul qu'il appartient d'être fou. Quelles mains homicides peut-elle porter sur sa vie ? Ah ! pourquoi prononces-tu le nom de *mains* ? c'est presser Énée de raconter deux fois l'embrasement de Troie et l'histoire de ses cruelles infortunes. Ah ! évite de toucher à un sujet qui t'amène à parler de *mains*, de peur de nous rappeler que nous n'en avons point.- Fi donc, fi donc ! quels discours extravagants ! Comme si nous pouvions oublier que nous n'avons pas de mains, quand même Marcus ne prononcerait pas le mot de mains !- Allons, commençons: chère fille, mange ceci.- Il n'y a point à boire ? Écoute, Marcus, ce qu'elle veut dire.- Je puis interpréter tous ses signes douloureux. Elle dit qu'elle ne boit d'autre boisson que ses larmes brassées avec ses chagrins et fermentées sur ses joues[16]. Muette infortunée, j'apprendrai tes pensées et je saurai aussi bien tes gestes muets que les ermites mendiants savent leurs saintes prières. Tu ne pousseras point de soupir, tu n'élèveras point les moignons vers le ciel, tu ne feras pas un clin d'oeil, un signe de tête, tu ne te mettras pas à genoux, tu ne feras pas un geste, que je n'en compose un alphabet, et que je ne parvienne, par une pratique assidue, à savoir ce que tu veux dire.

[Note 16: *Brew'd with her sorrows, mesh'd upon her cheeks; Grossière allusion à l'art du brasseur.*]

LE JEUNE ENFANT.- Mon bon grand-père, laisse là ces plaintes amères, et égaye ma tante par quelque belle histoire.

MARCUS.- Hélas ! ce pauvre enfant, ému de nos douleurs, pleure de voir le chagrin de son grand-père.

TITUS.- Calme-toi, tendre rejeton, tu es fait de larmes, et ta vie s'écoulerait bientôt avec elles. (Marcus frappe le plat avec un couteau.) Que frappes-tu de ton couteau, Marcus ?

MARCUS.- Ce que j'ai tué, seigneur, une mouche.

TITUS.- Malédiction sur toi, meurtrier, tu assassines mon coeur: mes yeux sont rassasiés de voir la tyrannie. Un acte de mort exercé sur un être innocent ne sied point au frère de Titus.- Sors de ma présence, je vois que tu n'es pas fait pour être en ma société.

MARCUS.- Hélas ! seigneur, je n'ai tué qu'une mouche.

TITUS.- Eh quoi ! si cette mouche avait un père et une mère ? comme tu les verrais laisser pendre leurs ailes délicates et dorées et frapper l'air de leur murmure gémissant ! Pauvre et innocente mouche, qui était venue ici pour nous égayer par son bourdonnement mélodieux ! et tu l'as tuée !

MARCUS.- Pardonnez, seigneur, c'était une mouche noire et difforme, semblable au More de l'impératrice: voilà pourquoi je l'ai tuée.

TITUS.- Oh ! oh ! alors pardonne-moi de t'avoir blâmé, car tu as fait une action charitable. Donne-moi ton couteau; je veux outrager son cadavre, me faisant illusion comme si je voyais en lui le More qui serait venu exprès pour m'empoisonner. (Il porte des coups à l'insecte.) Voilà pour toi, et voilà pour Tamora; ah ! scélérat !- Cependant je ne crois pas que nous soyons encore réduits si bas que nous ne puissions entre nous tuer une mouche qui vient nous offrir la ressemblance de ce More noir comme le charbon.

MARCUS.- Hélas, pauvre homme ! la douleur a fait tant de ravages en lui, qu'il prend de vains fantômes pour des objets réels.

TITUS.- Allons, levons-nous.- Lavinia, viens avec moi: je vais dans mon cabinet; je veux lire avec toi les tristes aventures arrivées dans les temps anciens.- (Au jeune Lucius.) Viens, mon enfant, lire avec moi; ta vue est jeune, et tu liras lorsque la mienne commencera à se troubler.

(Ils sortent.)

FIN DU TROISIÈME ACTE.

ACTE QUATRIÈME.

SCÈNE I

La scène est devant la maison de Titus.

Entrent *TITUS* et *MARCUS*; survient en même temps le *JEUNE*

LUCIUS, après lequel court *LAVINIA*.

L'ENFANT.- Au secours, mon grand-père, au secours ! ma tante Lavinia me suit partout, je ne sais pourquoi. Mon cher oncle Marcus, voyez comme elle court vite.- Hélas, chère tante, je ne sais pas ce que vous voulez.

MARCUS.- Reste près de moi, Lucius; n'aie pas peur de ta tante.

TITUS.- Elle t'aime trop, mon enfant, pour te faire du mal.

L'ENFANT.- Oh ! oui, quand mon père était à Rome, elle m'aimait bien.

MARCUS.- Que veut dire ma nièce Lavinia par ces signes ?

TITUS, à l'enfant.- N'aie pas peur d'elle, Lucius.- Elle veut dire quelque chose.- Vois, Lucius, vois comme elle t'invite.- Elle veut que tu ailles quelque part avec elle. Ah ! mon enfant, jamais Cornélie ne mit plus de soin à lire à ses enfants, que Lavinia à te lire de belles poésies et les harangues de Cicéron. Ne peux-tu deviner pourquoi elle te sollicite ainsi ?

L'ENFANT.- Je n'en sais rien, moi, seigneur, ni ne peux le deviner, à moins que ce ne soit quelque accès de frénésie qui l'agite; car j'ai souvent ouï dire à mon grand-père que l'excès du chagrin rendait les hommes fous, et j'ai lu que Hécube de Troie devint folle de douleur: c'est ce qui m'a fait peur, quoique je sache bien que ma noble tante m'aime aussi tendrement qu'ait jamais fait ma mère, et qu'elle ne voudrait pas effrayer mon enfance, à moins que ce ne fût dans sa folie. C'est ce qui m'a fait jeter mes livres, et fuir sans raison, peut-être; mais pardon, chère tante; oui, madame, si mon oncle Marcus veut venir, je vous accompagnerai bien volontiers.

MARCUS.- Lucius, je le veux bien.

(Lavinia retourne du pied les livres que Lucius a laissés tomber.)

TITUS.- Eh bien, Lavinia ?- Marcus, que veut-elle dire ? il y a un livre qu'elle demande à voir.- Lequel de ces livres, ma fille ? Ouvre-les, mon enfant.- Mais tu es plus lettrée, ma fille, et plus instruite. Viens, et choisis dans toute ma bibliothèque, et trompe ainsi tes chagrins jusqu'à ce que le ciel révèle l'exécrable auteur de ces atrocités.- Pourquoi lève-t-elle ses bras ainsi l'un après l'autre ?

MARCUS.- Je crois qu'elle veut dire qu'il y avait plus d'un scélérat ligué contre elle dans cette action.- Oui, il y en avait plus d'un,- ou bien, elle lève les bras vers le ciel pour implorer sa vengeance.

TITUS.- Lucius, quel est ce livre qu'elle agite ainsi ?

L'ENFANT.- Mon grand-père, ce sont les Métamorphoses d'Ovide: c'est ma mère qui me l'a donné.

MARCUS.- C'est peut-être par tendresse pour celle qui n'est plus qu'elle a choisi ce livre entre tous les autres.

TITUS.- Doucement, doucement.- Voyez avec quelle activité elle tourne les feuillets ! aidez-la: que veut-elle trouver ? Lavinia, dois-je lire ? Voici la tragique histoire de Philomèle, qui raconte la trahison de Térée et son rapt; et le rapt, je le crains bien, a été la source de tes malheurs.

MARCUS.- Voyez, mon frère, voyez: remarquez avec quelle attention elle considère les pages !

TITUS.- Lavinia, chère fille, aurais-tu été ainsi surprise, violée et outragée, comme l'a été Philomèle, saisie de force dans le vaste silence des bois sombres et insensibles ? Voyez, voyez !- Oui, voilà la description d'un lieu pareil à celui où nous chassions (ah ! plût au ciel que nous n'eussions jamais, jamais chassé là !); il est exactement semblable à celui que le poëte décrit, et la nature semble l'avoir formé pour le meurtre et le rapt.

MARCUS.- Oh ! pourquoi la nature aurait-elle bâti un antre si horrible, à moins que les dieux ne se plaisent aux tragédies ?

TITUS.- Donne-moi quelques signes, chère fille.- Il n'y a ici que tes amis.- Quel est le seigneur romain qui a osé commettre cet attentat ? Ou Saturninus se serait-il écarté, comme fit jadis Tarquin, qui quitta son camp pour aller souiller le lit de Lucrèce ?

MARCUS.- Assieds-toi, ma chère nièce.- Mon frère, asseyez-vous près de moi.- Apollon, Pallas, Jupiter ou Mercure, inspirez-moi, afin que je puisse découvrir cette trahison.- Seigneur, regardez ici.- Regarde ici, Lavinia. (Il écrit son nom avec son bâton, qu'il tient dans sa bouche et qu'il conduit avec ses pieds.) Ce sable est uni; tâche de conduire comme moi le bâton, si tu le peux, après que j'aurai écrit mon nom sans le secours des mains. Maudit soit l'infâme qui nous réduit à ces expédients !- Écris, ma chère nièce, et dévoile enfin ici ce crime que les dieux veulent qu'on découvre pour en tirer vengeance: que le ciel guide ce burin pour imprimer nettement tes douleurs, afin que nous puissions connaître les traîtres de la vérité !

(Lavinia prend le bâton dans ses dents, et, le guidant avec ses moignons, elle écrit sur le sable.)

TITUS.- Lisez-vous, mon frère, ce qu'elle a écrit ? Rapt, - Chiron,- Démétrius.

MARCUS.- Quoi ! quoi ! ce sont les enfants dissolus de Tamora qui sont les auteurs de cet abominable et sanglant forfait !

TITUS.- Magne dominator poli, tam lentus audis scelera ? tam lentus vides.*[17]*

[Note 17: Suprême dominateur du monde ! peux-tu voir, peux-tu entendre avec patience de si grands scélérats (Sénèque, tragédie d'Hippolyte).]

MARCUS.- Calme-toi, cher Titus; quoique je convienne qu'il y en a assez d'écrit sur ce sable pour révolter les âmes les plus douces, pour armer de fureur le coeur des enfants. Seigneur, agenouillez-vous avec moi: Lavinia, agenouille-toi; et toi, jeune enfant, l'espérance de l'Hector romain, agenouille-toi aussi et jurez tous avec moi; comme autrefois Junius Brutus jura, pour le viol de Lucrèce, avec l'époux désolé et le père de cette dame vertueuse et déshonorée, jurez que nous poursuivrons avec prudence une vengeance mortelle sur ces traîtres Goths, et que nous verrons couler leur sang, ou que nous mourrons de cet affront.

TITUS.- C'est assez sûr, si nous savions comment. Si vous blessez ces jeunes ours, prenez garde: leur mère se réveillera; et si elle vous flaire une fois, songez qu'elle est étroitement liguée avec le lion, qu'elle le berce et l'endort sur son sein, et que pendant son sommeil elle peut faire tout ce qu'elle veut. Vous êtes un jeune chasseur, Marcus: laissons dormir cette idée, et venez; je vais me procurer une feuille d'airain, et avec un stylet d'acier j'y écrirai ces mots pour les mettre en réserve:- Les vents irrités du Nord vont éparpiller ces sables dans l'air, comme les feuilles de la sibylle; et que devient alors votre leçon ? Enfant, qu'en dis-tu ?

L'ENFANT.- Je dis, seigneur, que si j'étais homme, la chambre où couche leur mère ne serait pas un asile sûr pour ces scélérats, esclaves du joug romain.

MARCUS.- Oui, voilà mon enfant ! Ton père en a souvent agi ainsi pour cette ingrate patrie.

L'ENFANT.- Et moi, mon oncle, j'en ferai autant, si je vis.

TITUS.- Viens, viens avec moi dans mon arsenal. Lucius, je veux t'équiper; et ensuite, mon enfant, tu porteras de ma part aux fils de l'impératrice les présents que j'ai l'intention de leur envoyer à tous deux. Viens, viens: tu feras ce message; n'est-ce pas ?

L'ENFANT.- Oui, avec mon poignard dans leur sein, grand-père.

TITUS.- Non, non, mon enfant; non pas cela: je t'enseignerai un autre moyen. Viens, Lavinia.- Marcus, veille sur la maison: Lucius et moi, nous allons faire les braves à la cour: oui, seigneur, nous le ferons comme je le dis, et on nous rendra honneur.

(Titus sort avec Lavinia et l'enfant.)

MARCUS.- Ciel, peux-tu entendre les gémissements d'un homme de bien, et ne pas t'attendrir, et ne pas prendre pitié de ses maux ? Marcus, suis dans sa fureur cet infortuné qui porte dans son coeur plus de blessures faites par la douleur que les coups de l'ennemi n'ont laissé de traces sur son bouclier usé; et cependant il est si juste qu'il ne veut pas se venger.- Ciel ! charge-toi donc de venger le vieil Andronicus.

(Il sort.)

SCÈNE II

Appartement du palais.

Entrent *AARON, CHIRON* et *DÉMÉTRIUS* par une des portes du palais;*LUCIUS* et un serviteur entrent par l'autre porte avec un faisceau d'armes sur lesquelles sont gravés des vers.

CHIRON.- Démétrius, voilà le fils de Lucius: il est chargé de quelque message pour nous.

AARON.- Oui, de quelque message extravagant de la part de son extravagant grand-père.

L'ENFANT.- Seigneurs, avec toute l'humilité possible, je salue Vos Grandeurs de la part d'Andronicus; (à part*) et je prie tous les dieux de Rome qu'ils vous confondent tous deux.*

DÉMÉTRIUS.- Grand merci, aimable Lucius; qu'y a-t-il de nouveau ?

L'ENFANT, à part.- *Que vous êtes tous les deux découverts pour des scélérats souillés d'un rapt; voilà ce qu'il y a de nouveau.-* (Haut.) *Sous votre bon plaisir, mon grand-père, bien conseillé, vous envoie par moi les plus belles armes de son arsenal, pour en gratifier votre illustre jeunesse, qui fait l'espoir de Rome; car c'est ainsi qu'il m'a ordonné de vous appeler; je m'en acquitte, et je présente à Vos Grandeurs ces dons, afin que dans l'occasion vous soyez bien armés et bien équipés; et je prends congé de vous,* (à part*) comme de sanguinaires scélérats que vous êtes.*

(L'enfant sort avec celui qui l'accompagne.)

DÉMÉTRIUS.- Que vois-je ici ? Un rouleau écrit tout autour ? Voyons:

Integer vitæ scelerisque purus Non eget Mauri jaculis, non arcu[18]:

[Note 18: Début d'une ode d'Horace dont voici le sens: «L'homme dont la vie est pure et exempte de crime n'a besoin ni de l'arc ni des flèches du Maure.»]

CHIRON.- Oh ! c'est un passage d'Horace; je le connais bien; je l'ai lu il y a bien longtemps dans la grammaire.

AARON.- Oui, fort bien. C'est un passage d'Horace: justement, vous y êtes. (A part.) Ce que c'est que d'être un âne ! Ceci n'est pas une bonne plaisanterie, le vieillard a découvert leur crime, et il leur envoie ces armes enveloppées de ces vers, qui les blessent au vif, sans qu'ils le sentent. Si notre spirituelle impératrice était levée, elle applaudirait à l'idée ingénieuse d'Andronicus: mais laissons-la reposer quelque temps sur son lit de souffrance.- (Haut.) Eh bien, mes jeunes seigneurs, n'est-ce pas une heureuse étoile qui nous a conduits à Rome, étrangers et qui plus est captifs, pour être élevés à cette fortune suprême ? Cela m'a fait du bien de braver le tribun devant la porte du palais, en présence de son père !

DÉMÉTRIUS.- Et moi cela me fait encore plus de bien de voir un homme si illustre s'insinuer bassement dans notre faveur, et nous envoyer des présents.

AARON.- N'a-t-il pas raison, seigneur Démétrius ? N'avez-vous pas traité sa fille en ami ?

DÉMÉTRIUS.- Je voudrais que nous eussions un millier de dames romaines à notre merci, pour assouvir tour à tour nos désirs de volupté.

CHIRON.- Voilà un souhait charitable et plein d'amour !

AARON.- Il ne manque ici que votre mère pour dire: Amen *!*

CHIRON.- Et elle le dirait, y eût-il vingt mille Romaines de plus dans le même cas.

DÉMÉTRIUS.- Allons, venez: allons prier les dieux pour notre mère bien-aimée qui est à présent dans les souffrances.

AARON, à part.- *Priez plutôt tous les démons; les dieux nous ont abandonnés.*

(On entend une fanfare.)

DÉMÉTRIUS.- Pourquoi les trompettes de l'empereur sonnent-elles ainsi ?

CHIRON.- Apparemment pour la joie qu'il ressent d'avoir un fils.

DÉMÉTRIUS.- Doucement; qui vient à nous ?

(Entre une nourrice, portant dans ses bras un enfant more.)

LA NOURRICE.- Salut, seigneurs ! Oh ! dites-moi, avez-vous le More Aaron ?

AARON.- Bien, un peu plus, ou un peu moins, ou pas du tout, voici Aaron: que voulez-vous à Aaron ?

LA NOURRICE.- Mon cher Aaron, nous sommes tous perdus; venez à notre secours, ou le malheur vous accable à jamais !

AARON.- Quoi ? quel miaulement vous faites ! Que tenez-vous là enveloppé dans vos bras ?

LA NOURRICE.- Oh ! ce que je voudrais cacher à l'oeil des cieux; l'opprobre de notre impératrice, et la honte de la superbe Rome.- Elle est délivrée, seigneurs, elle est délivrée.

AARON.- A qui[19] ?

[*Note 19:* Delivered, *veut dire: livrée, délivrée et accouchée. De là l'équivoque.*]

LA NOURRICE.- Je veux dire qu'elle est accouchée.

AARON.- Eh bien, que Dieu lui donne bon repos ! Que lui a-t-il envoyé ?

LA NOURRICE.- Un démon.

AARON.- Eh bien ! alors elle est la femelle de Pluton ? une heureuse lignée !

LA NOURRICE.- Dites une malheureuse, hideuse, noire et triste lignée. Le voilà l'enfant, aussi dégoûtant qu'un crapaud, au milieu des beaux nourrissons de notre climat.- L'impératrice vous l'envoie, c'est votre image, scellée de votre sceau, et vous ordonne de le baptiser avec la pointe de votre poignard.

AARON.- Fi donc ! fi donc ! prostituée ! Le noir est-il une si vilaine couleur ? Cher joufflu, tu fais une jolie fleur, cela est sûr.

DÉMÉTRIUS.- Misérable, qu'as-tu fait ?

AARON.- Ce que tu ne peux défaire.

CHIRON.- Tu as perdu[20] notre mère.

[*Note 20:* Thou hast undone our mother;... to undo, *défaire et perdre de réputation. Le More répond: je l'ai faite ou je lui ai fait....*]

AARON.- Misérable, j'ai trouvé ta mère.

DÉMÉTRIUS.- Oui, chien d'enfer, et c'est ainsi que tu l'as perdue. Malheur à son fruit, et maudit soit son détestable choix ! maudit soit le rejeton d'un si horrible démon.

CHIRON.- Il ne vivra pas.

AARON.- Il ne mourra pas.

LA NOURRICE.- Aaron, il le faut; sa mère le veut ainsi.

AARON.- Le faut-il absolument, nourrice ? En ce cas, qu'aucun autre que moi n'attente à la vie de ma chair et de mon sang.

DÉMÉTRIUS.- J'embrocherai le petit têtard sur la pointe de ma rapière. Nourrice, donne-le-moi, mon épée l'aura bientôt expédiée.

AARON, prenant l'enfant et tirant son épée.- *Ce fer t'aurait plus vite encore labouré les entrailles.- Arrêtez, lâches meurtriers ! Voulez-vous tuer votre frère ? Par les flambeaux du firmament, qui brillaient avec tant d'éclat lorsque cet enfant fut engendré, il meurt de la pointe affilée de mon cimeterre, celui qui ose toucher à cet enfant, mon premier-né et mon héritier ! Je vous dis, jeunes gens, qu'Encelade lui-même avec toute la race menaçante des enfants de Typhon, ni le grand Alcide, ni le dieu de la guerre, n'auraient le pouvoir d'arracher cet enfant des mains de son père. Quoi ! quoi ! enfants aux joues rouges, aux coeurs vides, murs plâtrés, enseignes peintes de cabaret ! le noir vaut mieux que toute autre couleur, il dédaigne de recevoir aucune autre couleur; toute l'eau de l'Océan ne blanchit jamais les jambes noires du cygne, quoiqu'il les lave à toute heure dans les flots.- Dites de ma part à l'impératrice que je suis d'âge à garder ce qui est à moi, qu'elle arrange cela comme elle pourra.*

DÉMÉTRIUS.- Veux-tu donc trahir ainsi ton auguste maîtresse ?

AARON.- Ma maîtresse est ma maîtresse; et cet enfant, c'est moi-même; la vigueur et le portrait de ma jeunesse; je le préfère au monde entier; et en dépit du monde entier, je conserverai ses jours; ou Rome verra quelques-uns de vous en porter la peine.

DÉMÉTRIUS.- Cet enfant déshonore à jamais notre mère.

CHIRON.- Rome la méprisera pour cette indigne faiblesse.

LA NOURRICE.- L'empereur, dans sa rage, la condamnera à la mort.

CHIRON.- Je rougis quand je songe à cette ignominie.

AARON.- Voilà donc le privilége de votre beauté; malheur à cette couleur traîtresse, qui trahit par la rougeur les secrètes pensées du coeur ! Voilà un petit garçon formé d'une autre nuance. Voyez comme le petit moricaud sourit à son père, et semble lui dire: «Mon vieux, je suis à toi.» Il est votre frère, seigneurs; visiblement nourri du même sang qui vous a donné la vie, et il est venu au jour et sorti du même sein, où, comme lui, vous avez été emprisonnés. Oui, il est votre frère, et du côté le plus certain, quoique mon sceau soit empreint sur son visage.

LA NOURRICE.- Aaron, que dirai-je à l'impératrice ?

DÉMÉTRIUS.- Réfléchis, Aaron, sur le parti qu'il faut prendre, et nous souscrirons tous à ton avis. Sauve l'enfant, pourvu que nous soyons tous en sûreté.

AARON.- Asseyons-nous et délibérons tous ensemble; mon fils et moi nous nous placerons au vent de vous; restez là; maintenant parlez à loisir de votre sûreté.

(Ils s'asseyent à terre.)

DÉMÉTRIUS.- Combien de femmes ont déjà vu cet enfant ?

AARON.- Allons, fort bien, braves seigneurs. Quand nous sommes tous unis, je suis un agneau. Mais si vous irritez le More,- le sanglier en fureur, la lionne des montagnes, l'Océan en courroux ne seraient pas aussi redoutables qu'Aaron.- Mais répondez, combien de personnes ont vu l'enfant ?

LA NOURRICE.- Cornélie la sage-femme, et moi; personne autre si ce n'est l'impératrice sa mère.

AARON.- L'impératrice, la sage-femme et vous.- Deux peuvent garder le secret, quand le troisième n'est plus là[21], va trouver l'impératrice, dis-lui ce que je viens de dire. (Il poignarde la nourrice.) Aïe ! aïe ! voilà comme crie un cochon de lait qu'on arrange pour la broche.

[Note 21: Secret de deux, secret de Dieu, secret de trois, secret de tous. Tre tacerano se due vi non sono.]

DÉMÉTRIUS.- Que prétends-tu donc, Aaron ? pourquoi as-tu fait cela ?

AARON.- Seigneur, c'est un acte de politique; la laisserai-je vivre pour trahir notre crime ? Une commère bavarde avec la langue longue ? Non, seigneur, non. Et maintenant connaissez tous mes desseins. Près d'ici habite un certain Mulitéus, mon compatriote; sa femme n'est accouché que d'hier. Son enfant lui ressemble, il est blanc comme vous; allez arranger le marché avec lui, donnez de l'or à la mère, et instruisez-les tous deux de tous les détails de l'affaire; dites-leur comment leur fils, par cet arrangement, sera élevé et reçu pour héritier de l'empereur, et substitué à la place du mien, afin d'apaiser cet orage qui se forme à la cour, et que l'empereur le caresse comme sien. Vous entendez, seigneurs ? Et voyez (montrant la nourrice), *je lui ai donné sa potion.- Il faut que vous preniez soin de ses funérailles. Les champs ne sont pas loin, et vous êtes de braves compagnons. Cela fait, songez à ne pas prolonger les délais, mais envoyez-moi sur-le-champ la sage-femme. Une fois débarrassés de la sage-femme et de la nourrice, libre alors aux dames de jaser à leur gré.*

CHIRON.- Aaron, je vois que tu ne veux pas confier aux vents tes secrets.

DÉMÉTRIUS.- Pour le soin que tu prends de l'honneur de Tamora, elle et les siens te doivent une grande reconnaissance.

(Démétrius et Chiron sortent en emportant le cadavre de la nourrice.)

AARON, seul.- *Courons vers les Goths, aussi rapidement que l'hirondelle, pour y placer le trésor qui est dans mes bras, et saluer secrètement les amis de l'impératrice.- Allons, viens, petit esclave aux lèvres épaisses; je t'emporte d'ici; car c'est toi qui nous donnes de l'embarras; je te ferai nourrir de fruits sauvages, de racines, de lait caillé, de petit-lait; je te ferai téter la chèvre, et loger dans une caverne, et je t'élèverai pour être un guerrier, et commander un camp.*

(Il sort.)

SCÈNE III

Place publique de Rome.

TITUS, MARCUS père, le jeune *LUCIUS ET* autres Romains tenant des arcs; Titus porte les flèches, lesquelles ont des lettres à leurs pointes.

TITUS.- Viens, Marcus, viens.- Cousins, voici le chemin.- Allons, mon enfant,- voyons ton adresse à tirer. Vraiment, tu ne manques pas le but, et la flèche y arrive tout droit. Terras Astræa reliquit[22].- *Rappelez-vous bien, Marcus.- Elle est partie, elle est partie.- Monsieur, voyez à vos outils.- Vous, mes cousins, vous irez sonder l'Océan, et vous jetterez vos filets; peut-être trouverez-vous la justice au fond de la mer; et cependant il y en a aussi peu sur mer que sur terre.- Non, Publius et Sempronius, il faut que vous fassiez cela; c'est vous qui devez creuser avec la bêche et la pioche, et percer le centre le plus reculé de la terre; et lorsque vous serez arrivés au royaume de Pluton, je vous prie, présentez-lui cette requête: dites-lui que c'est pour demander justice et implorer son secours; et que c'est de la part du vieil Andronicus, accablé de chagrins dans l'ingrate Rome.- Ah ! Rome !- Oui, oui, j'ai fait ton malheur le jour que j'ai réuni les suffrages du peuple sur celui qui me tyrannise ainsi.- Allez, partez, et je vous prie, soyez tous bien attentifs, et ne laissez pas passer un seul vaisseau de guerre sans y faire une exacte recherche; ce méchant empereur pourrait bien l'avoir embarquée pour l'écarter d'ici, et alors, cousins, nous pourrions appeler en vain la Justice.*

[Note 22: Astrée quitte la terre.]

MARCUS.- O Publius ! n'est-il pas déplorable de voir ainsi ton digne oncle dans le délire ?

PUBLIUS.- C'est pour cela qu'il nous importe beaucoup, seigneur, de ne pas le quitter, de veiller sur lui jour et nuit, et de traiter le plus doucement que nous pourrons sa folie, jusqu'à ce que le temps apporte quelque remède salutaire à son mal.

MARCUS.- Cousins, ses chagrins sont au-dessus de tous les remèdes. Joignons-nous aux Goths; et par une guerre vengeresse, punissons Rome de son ingratitude, et que la vengeance atteigne le traître Saturninus.

TITUS.- Eh bien, Publius ? eh bien, messieurs, l'avez-vous rencontré ?

PUBLIUS.- Non, seigneur; mais Pluton vous envoie dire que si vous voulez obtenir vengeance de l'enfer vous l'aurez. Quant à la Justice, elle est occupée, à ce qu'il croit, dans le ciel avec Jupiter, ou quelque part ailleurs; en sorte que vous êtes forcé d'attendre un peu.

TITUS.- Il me fait tort de m'éconduire ainsi avec ses délais; je me plongerai dans le lac brûlant de l'abîme, et je saurai arracher la Justice de l'Achéron par les talons.- Marcus, nous ne sommes que des roseaux; nous ne sommes pas des cèdres; nous ne sommes pas des hommes charpentés d'ossements gigantesques, ni de la taille des cyclopes; mais nous sommes de fer, Marcus, nous sommes d'acier jusqu'à la moelle des os, et cependant nous sommes écrasés de plus d'outrages que notre dos n'en peut supporter.- Puisque la Justice n'est ni sur la terre ni dans les enfers, nous solliciterons le ciel et nous fléchirons les dieux pour qu'ils envoient la Justice ici-bas pour venger nos affronts. Allons, à l'ouvrage.- Vous êtes un habile archer, Marcus. (Il lui donne des flèches.) Ad Jovem[23], voilà pour toi.- Ici, ad Apollinem[24], ad Martem[25]. C'est pour moi-même.- Ici, mon enfant, à Pallas.- Ici, à Mercure.- A Saturne, Caïus, et non pas à Saturninus.- Il vaudrait autant tirer contre le vent.- Allons, à l'oeuvre, enfant. Marcus, tire quand je te l'ordonnerai. Sur ma parole, j'ai écrit cette liste à merveille: il ne reste pas un dieu qui n'ait sa requête.

[Note 23: A Jupiter]

[Note 24: à Apollon]

[Note 25: à Mars, etc.]

MARCUS.- Cousins, lancez toutes vos flèches vers la cour, nous mortifierons l'empereur dans son orgueil.

TITUS.- Allons amis, tirez. (Ils tirent.) A merveille, Lucius. Cher enfant, c'est dans le sein de la Vierge, envoie-la à Pallas.

MARCUS.- Seigneur, je vise un mille par delà la lune: de ce coup, votre lettre est arrivée à Jupiter.

TITUS.- Ah ! Publius, Publius, qu'as-tu fait ? Vois, vois, tu as coupé une des cornes du Taureau.

MARCUS.- C'était là le jeu, seigneur; quand Publius a lancé sa flèche, le Taureau, dans sa douleur, a donné un si furieux coup au Bélier que les deux cornes de l'animal sont tombées dans le palais; et qui les pouvait trouver que le scélérat de l'impératrice ?- Elle s'est mise à rire, et elle a dit au More qu'il ne pouvait s'empêcher de les donner en présent à son maître.

TITUS.- Oui, cela va bien: Dieu donne la prospérité à votre grandeur ! (Entre un paysan avec un panier et une paire de pigeons.) Des nouvelles, des nouvelles du ciel ! Marcus, le message est arrivé.- Eh bien, l'ami, quelles nouvelles apportes-tu ? as-tu des lettres ? me fera-t-on justice ? Que dit Jupiter ?

LE PAYSAN.- Quoi, le faiseur de potences[26] ? Il dit qu'il les a fait descendre, parce que l'homme ne doit être pendu que la semaine prochaine.

[Note 26: Au lieu de Jupiter, le paysan entend Gibbet-Maker, faiseur de potences.]

TITUS.- Que dit Jupiter ? Voilà ce que je te demande.

LE PAYSAN.- Hélas ! monsieur, je ne connais pas Jupiter, je n'ai bu jamais avec lui de ma vie.

TITUS.- Comment, coquin, n'es-tu pas le porteur ?

LE PAYSAN.- Oui, monsieur, de mes pigeons: de rien autre chose.

TITUS.- Quoi, ne viens-tu pas du ciel ?

LE PAYSAN.- Du ciel ? Hélas, monsieur, jamais je n'ai été là: Dieu me préserve d'être assez audacieux pour prétendre au ciel dans ma jeunesse ! Quoi ! je vais tout simplement avec mes pigeons au Tribunal peuple*[27], pour arranger une matière de querelle entre mon oncle et un des gens de l'*impérial.

[Note 27: Tribunal peuple *est ici pour tribun du peuple,* impérial*pour* l'empereur.*]*

MARCUS.- Allons, seigneur, cela est juste ce qu'il faut pour votre harangue. Qu'il aille remettre les pigeons à l'empereur de votre part.

TITUS.- Dis-moi, peux-tu débiter une harangue à l'empereur avec grâce *?*

LE PAYSAN.- Franchement, monsieur, je n'ai jamais pu dire grâces *de ma vie.*

TITUS.- Allons, drôle, approche: ne fais plus de difficulté; mais donne tes pigeons à l'empereur. Par moi, tu obtiendras de lui justice.- Arrête, arrête !- En attendant, voilà de l'argent pour ta commission.- Donnez-moi une plume et de l'encre.- L'ami, peux-tu remettre une supplique avec grâce ?

LE PAYSAN,- Oui, monsieur.

TITUS.- Eh bien, voilà une supplique pour toi. Et quand tu seras introduit près de l'empereur, dès le premier abord il faut te prosterner; ensuite lui baiser les pieds; et alors remets-lui tes pigeons, et alors attends ta récompense. Je serai tout près, l'ami: vois à t'acquitter bravement de ce message.

LE PAYSAN.- Oh ! je vous le garantis, monsieur: laissez-moi faire.

TITUS.- Dis, as-tu un couteau ? Voyons-le.- Marcus, plie-le dans la harangue: car tu l'as faite sur le ton d'un humble suppliant.- Et lorsque tu l'auras donnée à l'empereur, reviens frapper à ma porte, et dis-moi ce qu'il t'aura dit.

LE PAYSAN.- Dieu soit avec vous, monsieur ! Je le ferai.

TITUS.- Venez, Marcus, allons.- Publius, suis-moi.

(Ils sortent.)

SCÈNE IV

La scène est devant le palais.

Entrent *SATURNINUS, TAMORA, CHIRON, DÉMÉTRIUS,* seigneurs et autres. Saturninus porte à la main les flèches lancées par Titus.

SATURNINUS.- Que dites-vous, seigneurs, de ces outrages ? A-t-on jamais vu un empereur de Rome insulté, dérangé et bravé ainsi en face, et traité avec ce mépris pour avoir déployé une justice impartiale ? Vous le savez, seigneurs, aussi bien que les dieux puissants; quelques calomnies que les perturbateurs de notre paix murmurent à l'oreille du peuple, il ne s'est rien fait que de l'aveu des lois contre les fils téméraires du vieil Andronicus. Et parce que ses chagrins ont troublé sa raison, faudra-t-il que nous soyons ainsi persécutés de ses vengeances, de ses accès de frénésie, et de ses insultes amères ? Le voilà maintenant qui appelle le ciel pour le venger. Voyez, voici une lettre à Jupiter, une autre à Mercure; celle-ci à Apollon; celle-là au dieu de la guerre. De jolis écrits à voir voler dans les rues de Rome ! Quel est le but de ceci, si ce n'est de diffamer le sénat et de nous flétrir en tous lieux du reproche d'injustice ? N'est-ce pas là une agréable folie, seigneurs ? Comme s'il voulait dire qu'il n'y a point de justice à Rome. Mais si je vis, sa feinte démence ne servira pas de protection à ces outrages. Lui et les siens apprendront que la justice respire dans Saturninus; et si elle sommeille, il la réveillera si bien, que dans sa fureur elle fera disparaître le plus impudent des conspirateurs qui soient en vie.

TAMORA.- Mon gracieux seigneur, mon cher Saturninus, maître de ma vie, souverain roi de toutes mes pensées, calmez-vous et supportez les défauts de la vieillesse de Titus; c'est l'effet des chagrins qu'il ressent de la perte de ses vaillants fils, dont la mort l'a frappé profondément et a blessé son coeur. Prenez pitié de son déplorable état, plutôt que de poursuivre pour ces insultes le plus faible ou le plus honnête homme de Rome. (A part.) Oui, il convient à la pénétrante Tamora de les flatter tous.- Mais, Titus, je t'ai touché au vif, et tout le sang de ta vie s'écoule: si Aaron est seulement prudent, tout va bien, et l'ancre est dans le port. (Entre le paysan avec sa paire de colombes.)- Eh bien, qu'y a-t-il, mon ami ? Veux-tu nous parler ?

LE PAYSAN.- Oui, vraiment, si vous êtes la Majesté impériale.

TAMORA.- Je suis l'impératrice.- Mais voilà l'empereur assis là-bas.

LE PAYSAN.- C'est lui que je demande. (A l'empereur.)- Que Dieu et saint Étienne vous donnent le bonheur. Je vous ai apporté une lettre, et une paire de colombes que voilà.

(L'empereur lit la lettre.)

SATURNINUS.- Qu'on le saisisse et qu'on le pende sur l'heure.

LE PAYSAN.- Combien aurai-je d'argent ?

TAMORA.- Allons, misérable, tu vas être pendu.

LE PAYSAN.- Pendu ! Par Notre-Dame, j'ai donc apporté ici mon cou pour un bel usage !

(Il sort avec les gardes.)

SATURNINUS.- Des outrages sanglants et intolérables ! Endurerai-je plus longtemps ces odieuses scélératesses ? Je sais d'où part encore cette lettre: cela peut-il se supporter ? Comme si ses traîtres enfants, que la loi a condamnés à mourir pour le meurtre de notre frère, avaient été injustement égorgés par mon ordre ! Allez, traînez ici ce scélérat par les cheveux: ni son âge ni ses honneurs ne lui donneront des priviléges. Va, pour cette audacieuse insulte, je serai moi-même ton bourreau, rusé et frénétique misérable, qui m'aidas à monter au faîte des grandeurs dans l'espérance que tu gouvernerais et Rome et moi. (Entre Émilius.) Quelles nouvelles, Émilius ?

ÉMILIUS.- Aux armes, aux armes, seigneurs ! Jamais Rome n'en eut plus de raisons ! Les Goths ont rassemblé des forces; et avec des armées de soldats courageux, déterminés, avides de butin, ils marchent à grandes journées vers Rome, sous la conduite de Lucius, le fils du vieil Andronicus: il menace dans le cours de ses vengeances d'en faire autant que Coriolan.

SATURNINUS.- Le belliqueux Lucius est-il le général des Goths ? Cette nouvelle me glace; et je penche ma tête comme les fleurs frappées de la gelée ou l'herbe battue par la tempête. Ah ! c'est maintenant que nos chagrins vont commencer: c'est lui que le commun peuple aime tant: moi-même, lorsque vêtu en simple particulier je me suis confondu avec eux, je leur ai souvent ouï dire que le bannissement de Lucius était injuste, et souhaiter que Lucius fût leur empereur.

TAMORA.- Pourquoi trembleriez-vous ? Votre ville n'est-elle pas forte ?

SATURNINUS.- Oui, mais les citoyens favorisent Lucius, et ils se révolteront pour lui venir en aide.

TAMORA.- Roi, prenez les sentiments d'un empereur, comme vous en portez le titre. Le soleil est-il éclipsé par les insectes qui volent devant ses rayons ? L'aigle permet aux petits oiseaux de chanter et ne s'embarrasse pas de ce qu'ils veulent dire par là, certain qu'il peut, de l'ombre de ses ailes, faire taire à son gré leurs voix. Vous pouvez en faire autant pour la populace insensée de Rome. Reprenez donc courage; et sachez, empereur, que je saurai charmer le vieil Andronicus par des paroles plus douces, mais plus dangereuses que ne l'est l'appât pour le poisson, et le miel du trèfle fleuri pour la brebis[28]: l'un meurt blessé par l'hameçon, et l'autre empoisonné par une pâture délicieuse.

[Note 28: «Cette herbe mangée en abondance est nuisible aux troupeaux.» (JOHNSON.)]

SATURNINUS.- Mais il ne voudra pas prier son fils pour nous.

TAMORA.- Si Tamora l'en prie, il le voudra; car je puis flatter sa vieillesse et l'endormir par des promesses dorées: et quand son coeur serait presque inflexible et ses vieilles oreilles sourdes, son coeur et son oreille obéiraient à ma langue.- (A Émilius.) Allez, précédez-nous, et soyez notre ambassadeur. Dites-lui que l'empereur demande une conférence avec le brave Lucius, et fixe le lieu du rendez-vous dans la maison de son père, le vieil Andronicus.

SATURNINUS.- Émilius, acquittez-vous honorablement de ce message; et s'il exige des otages pour sa sûreté, dites-lui de demander les gages qu'il préfère.

ÉMILIUS.- Je vais exécuter vos ordres.

(Il sort.)

TAMORA.- Moi, je vais aller trouver le vieux Andronicus, et l'adoucir par toutes les ressources de l'art que je possède, pour arracher aux belliqueux Goths le fier Lucius. Allons, cher empereur, reprenez votre gaieté; ensevelissez toutes vos alarmes dans la confiance en mes desseins.

SATURNINUS.- Allez; puissiez-vous réussir et le persuader !

(Ils sortent.)

FIN DU QUATRIÈME ACTE.

ACTE CINQUIÈME

SCÈNE I

Plaine aux environs de Rome.

LUCIUS, à la tête des Goths; tambours, drapeaux.

LUCIUS.- Guerriers éprouvés, mes fidèles amis, j'ai reçu des lettres de la superbe Rome, qui m'annoncent la haine que les Romains portent à leur empereur, et combien ils aspirent de nous voir. Ainsi, nobles chefs, soyez ce qu'annoncent vos titres, fiers et impatients de venger vos affronts, et tirez une triple vengeance de tous les maux que Rome vous a causés.

UN CHEF DES GOTHS.- Brave rejeton sorti du grand Andronicus, dont le nom, qui nous remplissait jadis de terreur, fait maintenant notre confiance; vous, dont l'ingrate Rome paye d'un odieux mépris les grands exploits et les actions honorables, comptez sur nous: nous vous suivrons partout où vous nous conduirez; comme dans un jour brûlant d'été les abeilles, armées de leurs dards, suivent leur roi aux champs fleuris, et nous nous vengerons de l'exécrable Tamora.

TOUS ENSEMBLE.- Et ce qu'il dit, nous le disons tous avec lui, nous le répétons tous d'une voix.

LUCIUS.- Je lui rends grâces humblement, et à vous tous.- Mais qui vient ici, conduit par ce robuste Goth ?

LE SOLDAT.- Illustre Lucius, je me suis écarté de notre armée pour aller considérer les ruines d'un monastère, et comme j'avais les yeux fixés avec attention sur cet édifice en décadence, soudain j'ai entendu un enfant qui criait au pied d'une muraille. Me tournant du côté de la voix, j'ai bientôt entendu qu'on calmait l'enfant qui pleurait en lui disant: «Paix, petit marmot basané qui tiens moitié de moi, moitié de ta mère ! Si ta nuance ne décelait pas de qui tu es l'enfant; si la nature t'avait seulement donné la physionomie de ta mère, petit misérable, tu aurais pu devenir un empereur: mais quand le taureau et la génisse sont tous deux blancs comme lait, jamais ils n'engendrent un veau noir comme le charbon. Tais-toi, petit malheureux, tais-toi.» Voilà comment on grondait l'enfant, et on continuait: «Il faut que je te porte à un fidèle Goth, qui, quand il saura que tu es fils de l'impératrice, te prendra en affection pour l'amour de ta mère.» Aussitôt, moi, je tire mon épée, je fonds sur ce More que j'ai surpris à l'improviste, et que je vous amène ici pour en faire ce que vous trouverez bon.

LUCIUS.- O vaillant Goth ! voilà le démon incarné qui a privé Andronicus de sa main glorieuse: voilà la perle qui charmait les yeux de votre impératrice, et voilà le vil fruit de ses passions déréglées. (A Aaron.)- Réponds, esclave à l'oeil blanc, où voulais-tu porter cette vivante image de ta face infernale ? Pourquoi ne parles-tu pas ?- Quoi ! es-tu sourd ? Non; pas un mot ? Une corde, soldats; pendez-le à cet arbre, et à côté de lui son fruit de bâtardise.

AARON.- Ne touche pas à cet enfant: il est de sang royal.

LUCIUS.- Il ressemble trop à son père pour valoir jamais rien. Allons, commencez par pendre l'enfant, afin qu'il le voie s'agiter; spectacle fait pour affliger son coeur de père. Apportez-moi une échelle.

(On apporte une échelle sur laquelle on force Aaron de monter.)

AARON.- Lucius, épargne l'enfant, et porte-le de ma part à l'impératrice. Si tu m'accordes ma prière, je te révélerai d'étonnants secrets qu'il te serait fort avantageux de connaître; si tu me la refuses, arrive que pourra, je ne parle plus, et que la vengeance vous confonde tous !

LUCIUS.- Parle, et si ce que tu as à me dire me satisfait, ton enfant vivra, et je me charge de le faire élever.

AARON.- Si cela te satisfait ? Oh ! sois certain, Lucius, que ce que je te dirai affligera ton âme; car j'ai à t'entretenir de meurtres, de viol et de massacres, d'actes commis dans l'ombre de la nuit, d'abominables forfaits, de noirs complots de malice et de trahison, de scélératesses horribles à entendre raconter, et qui pourtant ont été exécutées par pitié. Tous ces secrets seront ensevelis par ma mort, si tu ne me jures pas que mon enfant vivra.

LUCIUS.- Révèle ta pensée; je te dis que ton enfant vivra.

AARON.- Jure-le, et puis, je commencerai.

LUCIUS.- Par qui jurerai-je ? Tu ne crois à aucun dieu, et dès lors comment peux-tu te fier à un serment ?

AARON.- Quand je ne croirais à aucun dieu, comme en effet je ne crois à aucun, n'importe; je sais que tu es religieux, et que tu as en toi quelque chose qu'on appelle la conscience, et vingt autres superstitions et cérémonies papistes que je t'ai vu très-soigneux d'observer.- C'est pour cela que j'exige ton serment.- Car je sais qu'un idiot se fait un dieu de son hochet, et tient la parole qu'il a jurée par ce dieu. C'est là le serment que j'exige.- Ainsi tu jureras par ce dieu, quel qu'il soit, que tu adores et que tu vénères, de sauver mon enfant, de le nourrir et de l'élever; ou je ne te révèle rien.

LUCIUS.- Eh bien, je te jure par mon dieu que je le ferai.

AARON.- D'abord, apprends que j'ai eu cet enfant de l'impératrice.

LUCIUS.- O femme impudique et d'une luxure insatiable !

AARON.- Arrête, Lucius ! Ce n'est là qu'une action charitable, en comparaison de ce que tu vas entendre. Ce sont ses deux fils qui ont massacré Bassianus; ils ont coupé la langue à ta soeur, ils lui ont fait violence, lui ont coupé les mains, et l'ont parée *comme tu l'as vue.*

LUCIUS.- O exécrable scélérat ! tu appelles cela parer *?*

AARON.- Eh ! elle a été lavée, et taillée et parée, et cela fut même un fort agréable exercice pour ceux qui l'ont fait.

LUCIUS.- Oh ! les brutaux et barbares scélérats, semblables à toi !

AARON.- C'est moi qui ai été leur maître, et qui les ai instruits. C'est de leur mère qu'ils tiennent cet esprit de débauche, ce qui est aussi sûr que l'est la carte qui gagne la partie; quant à leurs goûts sanguinaires, je crois qu'ils les tiennent de moi, qui suis un aussi brave chien qu'aucun boule-dogue qui ait jamais attaqué le taureau à la tête. Que mes actions perfides attestent ce que je veux; j'ai indiqué à tes frères cette fosse où le corps de Bassianus était gisant; j'ai écrit la lettre que ton père a trouvée, et j'avais caché l'or dont il était parlé dans cette lettre, d'accord avec la reine et ses deux fils. Et que s'est-il fait dont tu aies eu à gémir, où je n'aie pas mis ma part de malice ? J'ai trompé ton père pour le priver de sa main; et dès que je l'ai eue, je me suis retiré à l'écart, et j'ai failli me rompre les côtes à force de rire. Je l'ai épié à travers la crevasse d'une muraille, après qu'en échange de sa main il a reçu les têtes de ses deux fils, j'ai vu ses larmes, et j'ai ri de si bon coeur que mes deux yeux pleuraient comme les siens; et quand j'ai raconté toute cette farce à l'impératrice, elle s'est presque évanouie de plaisir à mon récit, et elle m'a payé mes nouvelles par vingt baisers.

UN GOTH.- Comment peux-tu dire tout cela sans rougir ?

AARON.- Je rougis comme un chien noir, comme dit le proverbe.

LUCIUS.- N'as-tu point de remords de ces forfaits atroces ?

AARON.- Oui, de n'en avoir fait mille fois davantage, et même en ce moment je maudis le jour (cependant je crois qu'il en est peu sur lesquels puisse tomber ma malédiction) où je n'aie fait quelque grand mal, comme de massacrer un homme ou de machiner sa mort, de violer une vierge ou d'imaginer le moyen d'y arriver, d'accuser quelque innocent ou de me parjurer moi-même, de semer une haine mortelle entre deux amis, de faire rompre le cou aux bestiaux des pauvres gens, d'incendier les granges et les meules de foin dans la nuit, et de dire aux propriétaires d'éteindre l'incendie avec leurs larmes: souvent j'ai exhumé les morts de leurs tombeaux, et j'ai placé leurs cadavres à la porte de leurs meilleurs amis lorsque leur douleur était presque oubliée, et sur leur peau, comme sur l'écorce d'un arbre, j'ai gravé avec mon couteau en lettres romaines: Que votre douleur ne meure pas quoique je sois mort. *En un mot, j'ai fait mille choses horribles avec l'indifférence qu'un autre met à tuer une mouche; et rien ne me fait vraiment de la peine que la pensée de ne plus pouvoir en commettre dix mille autres.*

LUCIUS.- Descendez ce démon: il ne faut pas qu'il meure d'une mort aussi douce que d'être pendu sur-le-champ.

AARON.- S'il existe des démons, je voudrais être un démon pour vivre et brûler dans le feu éternel; pourvu seulement que j'eusse ta compagnie en enfer, et que je pusse te tourmenter de mes paroles amères.

LUCIUS, aux soldats.- Amis, fermez-lui la bouche et qu'il ne parle plus.

(Entre un Goth.)

LE GOTH.- Seigneur, voici un messager de Rome qui désire être admis en votre présence.

LUCIUS.- Qu'il vienne. (Entre Émilius.) Salut, Émilius; quelles nouvelles apportez-vous de Rome ?

ÉMILIUS.- Seigneur Lucius, et vous, princes des Goths, l'empereur romain vous salue tous par ma voix: ayant appris que vous êtes en armes, il demande une entrevue avec vous à la maison de votre père. Vous pouvez choisir vos otages, ils vous seront remis sur-le-champ.

UN CHEF DES GOTHS.- Que dit notre général ?

LUCIUS.- Émilius, que l'empereur donne ses otages à mon père et à mon oncle Marcus, et nous viendrons. (A ses troupes.)- Marchez.

(Ils sortent.)

SCÈNE II

Rome.- La scène est devant la maison de Titus.

TAMORA, CHIRON ET DÉMÉTRIUS déguisés.

TAMORA.- C'est dans cet étrange et singulier habillement que je veux me présenter à Andronicus, et lui dire que je suis la Vengeance envoyée du fond de l'abîme pour me joindre à lui et venger ses cruels outrages. Frappez la porte de son cabinet, où l'on dit qu'il se renferme pour méditer les étranges plans de terribles représailles. Dites-lui que la Vengeance elle-même est venue pour se liguer avec lui et travailler à la ruine de ses ennemis.

(Ils frappent, et Titus se montre en haut.)

TITUS.- Pourquoi troublez-vous mes méditations ? Vous faites-vous un jeu de me faire ouvrir la porte, dans le but de faire évanouir mes tristes résolutions et de rendre sans effet toutes mes études ? Vous vous trompez; car ce que j'ai intention de faire, voyez, je l'ai tracé ici en caractères de sang; et ce qui est écrit s'accomplira.

TAMORA.- Titus, je suis venue pour te parler.

TITUS.- Non, pas un seul mot. Comment puis-je donner de la grâce à mon discours, lorsqu'il me manque une main pour y joindre les gestes ? Tu as l'avantage sur moi; ainsi retire-toi.

TAMORA.- Si tu me connaissais, tu voudrais me parler.

TITUS.- Je ne suis pas fou: je te connais bien; j'atteste ce bras mutilé, et ces lignes sanglantes, et ces rides profondes, creusées par le chagrin et les soucis: j'atteste les jours de fatigue et les longues nuits; j'atteste tout mon désespoir que je te connais bien pour notre fière impératrice, la puissante Tamora: ne viens-tu pas me demander mon autre main ?

TAMORA.- Sache, triste vieillard, que je ne suis point Tamora: elle est ton ennemie, et moi je suis ton amie. Je suis la Vengeance, envoyée du royaume des enfers pour te soulager du vautour qui te ronge le coeur, en exerçant d'horribles représailles sur tes ennemis. Descends et souhaite-moi la bienvenue dans ce royaume de la lumière: viens t'entretenir avec moi de meurtre et de mort. Il n'est point d'antre sombre, de retraite cachée, de vaste obscurité, de vallon obscur où le meurtre sanglant et l'affreux viol puissent se tapir de frayeur, où je ne puisse les découvrir, et faire retentir à leurs oreilles mon nom terrible, la Vengeance, nom qui fait frissonner les odieux coupables.

TITUS.- Es-tu la Vengeance ? m'es-tu envoyée pour tourmenter mes ennemis.

TAMORA.- Oui; ainsi descends et reçois-moi.

TITUS.- Commence par me rendre quelque service avant que j'aille te recevoir. A tes côtés sont le Meurtre et le Viol: donne-moi quelque assurance que tu es en effet la Vengeance: poignarde-les ou écrase-les sous les roues de ton char; alors j'irai te trouver, et je serai ton cocher, et je roulerai avec toi autour des globes. Procure-toi deux coursiers fougueux, noirs comme le jais, pour entraîner rapidement ton char vengeur, et déterrer les meurtriers dans leurs coupables repaires. Et lorsque ton char sera chargé de leurs têtes, je descendrai et je courrai à pied près de la roue tout le long du jour, comme un vil esclave; oui, depuis le lever d'Hypérion à l'orient jusqu'à ce qu'il se précipite dans l'Océan: et tous les jours je recommencerai cette pénible tâche, à condition que tu détruiras ici le Rapt et le Meurtre.

TAMORA.- Ce sont mes ministres, et ils m'accompagnent.

TITUS.- Sont-ils tes ministres ? Comment s'appellent-ils ?

TAMORA.- Le Rapt et le Meurtre: ils portent ces noms parce qu'ils punissent ceux qui sont coupables de ces crimes.

TITUS.- Grand Dieu ! comme ils ressemblent aux fils de l'impératrice ! Mais nous autres, pauvres humains, nous avons de pauvres yeux insensés qui nous trompent. O douce Vengeance, maintenant je viens à toi; et si l'étreinte d'un seul bras peut te satisfaire, je vais te presser tout à l'heure avec celui qui me reste.

(Titus se retire.)

TAMORA, à ses fils.- *Ce pacte que je fais avec lui convient à sa folie: quelque invention que je forge pour nourrir la chimère de son cerveau malade, songez à l'appuyer, à l'entretenir par vos discours; car il ne lui reste plus aucun doute, et il me prend fermement pour la Vengeance. Profitant de sa crédulité et de sa folle idée, je le déterminerai à mander son fils Lucius; et lorsque je serai assurée de lui dans un banquet, je trouverai quelque ruse, quelque coup de main, pour écarter et disperser ces Goths inconstants, ou au moins pour en faire ses ennemis. Voyez: le voilà qui vient; il faut que je joue mon rôle.*

TITUS.- J'ai longtemps été délaissé, et cela pour toi; sois la bienvenue, furie terrible, dans ma maison désolée ! Meurtre et Rapt, vous êtes aussi les bienvenus.- Oh ! comme vous ressemblez à l'impératrice et à ses deux fils ! Je vous trouve bien assortis, il ne vous manque qu'un More.- Est-ce que tout l'enfer n'a pu vous procurer un pareil démon ? car je sais bien que jamais l'impératrice ne roule dans son char qu'elle ne soit accompagnée d'un More; et pour représenter en vrai notre reine, il conviendrait que vous eussiez un pareil démon. Mais soyez les bienvenus, tels que vous êtes; que ferons-nous ?

TAMORA.- Que voudrais-tu que nous fissions, Andronicus ?

DÉMÉTRIUS.- Montre-moi un meurtrier, et je me charge de lui.

CHIRON.- Montre-moi un scélérat qui ait commis un rapt; je suis envoyé pour en tirer vengeance.

TAMORA.- Montre-moi mille méchants qui t'aient fait du mal, et je te vengerai d'eux tous.

TITUS.- Regarde autour de toi dans les rues corrompues de Rome, et quand tu apercevras un homme qui te ressemble, bon Meurtre, poignarde-le; c'est un meurtrier.- Toi, accompagne-le, et quand le hasard te fera rencontrer un autre homme qui te ressemble, bon Rapt, poignarde-le; c'est un ravisseur.- Toi, suis-les; il y a dans le palais de l'empereur une reine suivie d'un More; tu pourras aisément la reconnaître en la comparant à toi, car elle te ressemble de la tête aux pieds: je t'en conjure, fais-leur souffrir quelque mort violente; ils ont été violents envers moi et les miens.

TAMORA.- Nous voilà bien instruits; nous l'exécuterons: mais si tu voulais, bon Andronicus, envoyer vers Lucius, ton vaillant fils, qui conduit vers Rome une armée de valeureux Goths; et l'inviter à se rendre à un festin dans ta maison; lorsqu'il sera ici, au milieu de ta fête solennelle, j'amènerai l'impératrice et ses fils, l'empereur même et tous tes ennemis, et ils s'agenouilleront et se mettront à ta merci; et tu pourras soulager sur eux ton coeur irrité. Que répond Andronicus à cette proposition ?

TITUS appelant.- Marcus, mon frère !- C'est le triste Titus qui t'appelle. (Entre Marcus.) Pars, cher Marcus, va trouver ton neveu Lucius; tu le chercheras parmi des Goths. Dis-lui de venir me trouver, et d'amener avec lui quelques-uns des principaux princes des Goths; dis-lui de faire camper ses soldats là où ils sont; dis-lui que l'empereur et l'impératrice viennent à une fête chez moi, et qu'il la partagera avec eux. Fais cela pour l'amitié que tu me portes, et qu'il fasse ce que je dis s'il tient à la vie de son vieux père.

MARCUS.- Je vais faire ton message, et revenir aussitôt.

(Il sort.)

TAMORA.- Je vais te quitter pour m'occuper de tes affaires, et j'emmène avec moi mes ministres.

TITUS.- Non, non, que le Meurtre et le Rapt restent avec moi; autrement je rappelle mon frère, et je ne cherche plus d'autre vengeance que par les mains de Lucius.

TAMORA, à part, à ses deux fils.- Qu'en dites-vous, mes enfants ? Voulez-vous rester, tandis que je vais informer l'empereur de la manière dont j'ai conduit le stratagème que nous avons résolu ? Cédez à sa fantaisie, flattez-le, caressez-le, et demeurez avec lui jusqu'à mon retour.

TITUS, à part.- Je les connais bien tous, quoiqu'ils me croient fou; et j'attraperai par leur propre ruse ce couple de maudits chiens d'enfer et leur mère.

DÉMÉTRIUS.- Madame, partez quand il vous plaira, laissez-nous ici.

TAMORA.- Adieu, Andronicus; la Vengeance va ourdir un plan pour surprendre tes ennemis.

(Elle sort.)

TITUS.- Je le sais que tu vas t'en occuper; adieu, chère Vengeance.

CHIRON.- Dis-nous, vieillard, à quoi tu nous emploieras.

TITUS.- Ne vous mettez pas en peine; j'ai assez d'ouvrage pour vous. (Il appelle.)- Publius, Caïus, Valentin, venez ici !

(Entrent Publius et autres.)

PUBLIUS.- Que désirez-vous ?

TITUS.- Connais-tu ces deux hommes ?

PUBLIUS.- Ce sont les fils de l'impératrice, je crois, Chiron et Démétrius.

TITUS.- Fi donc, Publius, fi donc, tu te trompes étrangement. L'un est le Meurtre, et l'autre s'appelle le Rapt; en conséquence, enchaîne-les, bon Publius.- Caïus, Valentin, mettez la main sur eux. Vous m'avez souvent entendu désirer cet instant, je le trouve enfin. Liez-les bien, et fermez-leur la bouche s'ils veulent crier.

(Titus sort.)

(Publius, Caïus, Valentin, etc., se saisissent de Chiron et de Démétrius.)

CHIRON.- Lâches, arrêtez; nous sommes les fils de l'impératrice !

PUBLIUS.- Et c'est pour cela que nous faisons ce qu'on nous a commandés.- Fermez-leur la bouche; qu'ils ne puissent pas dire un mot.- Est-il bien garrotté ?- Songez à les bien lier.

(Titus Andronicus rentre tenant un poignard, et Lavinia tenant un bassin.)

TITUS.- Viens, viens, Lavinia. Vois, tes ennemis sont liés.- Amis, fermez bien leurs bouches; qu'ils ne me parlent pas, mais qu'ils entendent les paroles terribles que je profère.- O scélérats, Chiron et Démétrius ! voici la source pure que vous avez souillée de boue, voilà ce beau printemps que vous avez mêlé avec votre hiver. Vous avez tué son époux, et pour ce lâche forfait deux de ses frères ont été condamnés au supplice; ma main a été tranchée, et vous en avez fait de gaies plaisanteries; ses deux belles mains, sa langue, et ce qui était plus précieux encore que sa langue et ses mains, sa chasteté sans tache, traîtres inhumains, vous les avez mutilées et ravies ! Que répondriez-vous si je vous laissais parler ? Écoutez, misérables, comment je me propose de vous martyriser. Il me reste encore cette main pour vous couper la gorge; tandis que Lavinia tiendra entre ses moignons le bassin qui va recevoir votre sang criminel. Vous savez que votre mère compte revenir partager mon festin, qu'elle se donne le nom de la Vengeance, et qu'elle me croit fou.- Écoutez, scélérats, je mettrai vos os en poussière, j'en formerai une pâte avec votre sang, et de la pâte je ferai un pâté où je ferai entrer vos têtes odieuses; et je dirai à cette prostituée, votre exécrable mère, de dévorer, comme la terre, sa propre progéniture. Voilà le repas auquel je l'ai conviée, et voilà le mets dont elle se gorgera. Vous avez traité ma fille plus cruellement que ne le fut Philomèle; je veux m'en venger plus cruellement que Progné. Allons, tendez la gorge.- (Il les égorge.) Viens, Lavinia, reçois leur sang; et, quand ils seront morts, je vais réduire leurs os en poudre imperceptible, les humecter de cette odieuse liqueur, et faire cuire leurs têtes dans cette horrible pâte. Viens, que chacun m'aide à préparer ce banquet; je désire qu'il puisse être plus terrible et plus sanglant que la fête des centaures. Allons, apportez-les ici; je veux être le cuisinier, et les tenir prêts pour le retour de leur mère.

(Ils sortent en emportant les cadavres.)

SCÈNE III

Un pavillon avec des tables.

LUCIUS, MARCUS, OFFICIERS GOTHS, AARON prisonnier.

LUCIUS.- Mon oncle Marcus, puisque c'est la volonté de mon père que je vienne à Rome, je suis satisfait.

UN GOTH.- Et notre volonté est la tienne, arrive ce que voudra la

Fortune.

LUCIUS.- Cher oncle, chargez-vous de ce More barbare, de ce tigre affamé, de ce maudit démon: qu'il ne reçoive aucune nourriture; enchaînez-le jusqu'à ce qu'on le produise face à face avec l'impératrice, pour rendre témoignage de ses horribles forfaits, et veillez à ce que nos amis en embuscade soient en force; je crains que l'empereur ne nous veuille pas de bien.

AARON.- Que quelque démon murmure ses malédictions à mon oreille, et m'inspire afin que ma langue puisse exhaler tout le venin dont mon coeur est gonflé.

LUCIUS.- Va-t'en, chien barbare, esclave infâme.- Amis, aidez à mon oncle à l'emmener. (Les Goths sortent avec Aaron. Fanfares.)- Ces trompettes annoncent l'approche de l'empereur.

(Entrent Saturninus et Tamora avec les tribuns et les sénateurs.)

SATURNINUS.- Quoi, le firmament a-t-il donc plus d'un soleil ?

LUCIUS.- Que te sert-il de t'appeler un soleil ?

MARCUS.- Empereur de Rome, et vous, mon neveu, entamez le pourparler. Cette querelle doit être discutée paisiblement. Tout est prêt pour le festin que le soigneux Titus a ordonné dans des vues honorables, pour la paix, pour l'amitié, pour l'union, et pour le bien de Rome. Veuillez donc avancer, et prendre vos places.

SATURNINUS.- Volontiers, Marcus.

(Les hautbois sonnent. La compagnie prend place à table. Titus paraît en habit de cuisinier, plaçant les mets sur la table, Lavinia voilée l'accompagne, avec le jeune Lucius.)

TITUS.- Soyez le bienvenu, mon gracieux souverain.- Soyez la bienvenue, redoutable reine.- Salut, Goths belliqueux.- Salut, Lucius; soyez tous les bienvenus. Quoique la chère soit peu splendide, elle suffira pour vous remplir l'estomac: veuillez bien manger.

SATURNINUS.- Pourquoi êtes-vous ainsi accoutré, Andronicus ?

TITUS.- Parce que je voulais m'assurer que tout serait en ordre pour fêter Votre Majesté et votre impératrice.

TAMORA.- Nous vous sommes obligés, bon Andronicus.

TITUS.- Vous le seriez sûrement si Votre Majesté pouvait lire au fond de mon coeur. Seigneur empereur, résolvez-moi cette question: Le fougueux Virginius fit-il bien de tuer sa fille de sa propre main, parce qu'elle avait été violée, souillée et déshonorée ?

SATURNINUS.- Il fit bien, Andronicus.

TITUS.- Votre raison, mon souverain ?

SATURNINUS.- Parce que sa fille ne devait pas survivre à son déshonneur, et renouveler sans cesse par sa présence les douleurs de son père.

TITUS.- Cette raison est forte, décisive et convaincante. C'est un exemple, un précédent, un modèle à suivre pour moi, le plus malheureux des pères. Meurs, meurs, Lavinia, et ta honte avec toi; et avec ta honte le chagrin de ton père !

(Il tue sa fille.)

SATURNINUS.- Qu'as-tu fait, père barbare et dénaturé ?

TITUS.- J'ai tué celle qui m'a rendu aveugle à force de me faire pleurer: je suis aussi malheureux que l'était Virginius, et j'ai mille raisons de plus que lui de commettre cette violence; et la voilà faite.

SATURNINUS.- Quoi, est-ce qu'elle a été violée ? Dis, qui a fait cette action ?

TITUS.- Voudriez-vous manger ? Que Votre Majesté daigne se nourrir.

TAMORA.- Pourquoi as-tu tué ainsi ta fille unique ?

TITUS.- Ce n'est pas moi: c'est Chiron et Démétrius, ils l'ont violée, ils lui ont tranché la langue; ce sont eux, oui, eux, qui lui ont fait tout ce mal.

SATURNINUS.- Qu'on aille les chercher sur-le-champ.

TITUS.- Bon ! ils sont là tous deux assaisonnés dans ce pâté, dont leur mère s'est délicatement nourrie: elle a mangé la chair qu'elle a enfantée elle-même. C'est la vérité, c'est la vérité: j'en atteste la lame affilée de mon couteau.

(Il perce Tamora.)

SATURNINUS.- Meurs, misérable fou, pour cet abominable forfait.

(Saturninus tue Titus.)

LUCIUS.- L'oeil d'un fils peut-il voir couler le sang de son père ? Voilà salaire pour salaire, mort pour mort.

(Lucius poignarde Saturninus.)

MARCUS.- Peuple et fils de Rome dont je vois les tristes visages que ce tumulte disperse comme une troupe d'oiseaux séparés par les vents et le tourbillon de la tempête, laissez-moi vous enseigner le moyen de réunir de nouveau dans une gerbe unique ces épis épars, et de former de ces membres séparés un seul corps.

UN SÉNATEUR.- Oui, de peur que Rome ne soit le fléau de Rome; et que celle qui voit ramper devant elle de vastes et puissants royaumes, désormais comme un proscrit errant dans l'abandon et le désespoir, exerce sur elle-même une honteuse justice ! Mais si ces signes de vieillesse, ces rides profondes de l'âge, témoins sérieux de ma longue expérience, ne peuvent vous engager à m'écouter, parlez, vous, ami chéri de Rome (à Lucius), comme jadis notre ancêtre, lorsque sa langue pathétique raconta à l'oreille attentive de l'amoureuse et triste Didon l'histoire de cette nuit de flammes et de désastres où les Grecs rusés surprirent la Troie du roi Priam: dites-nous quel Sinon avait enchanté nos oreilles, ou qui a introduit chez nous la fatale machine qui porte une blessure profonde à notre Troie, à notre Rome ?- Mon coeur n'est pas formé de caillou ni d'acier, et je ne puis exprimer notre amère douleur sans que des flots de larmes viennent suffoquer ma voix, et interrompre mon discours dans le moment même où il exciterait le plus votre attention et attendrirait vos coeurs émus de pitié. Voici un général: qu'il fasse lui-même ce récit; vos coeurs palpiteront et vous pleurerez en l'entendant parler.

LUCIUS.- Apprenez donc, nobles auditeurs, que les exécrables Chiron et Démétrius sont ceux qui ont massacré le frère de notre empereur, que ce sont eux qui ont déshonoré notre soeur, et que nos deux frères ont été décapités pour leurs atroces forfaits. Apprenez que les larmes de notre père ont été méprisées; et qu'il a été, par une lâche fraude, privé de cette main fidèle qui avait soutenu les guerres de Rome et précipité ses ennemis dans le tombeau. Enfin, vous savez que moi j'ai été injustement banni, que les portes ont été fermées sur moi, et que, pleurant, j'ai été chassé et réduit à aller demander du secours aux ennemis de Rome, qui ont noyé leur haine dans mes larmes sincères, et m'ont ouvert leurs bras pour me recevoir comme un ami; et je suis le banni, il faut que vous le sachiez, qui ai protégé la sûreté de Rome au prix de mon sang, et détourné de son sein le fer ennemi pour l'enfoncer dans mon corps intrépide. Hélas ! vous savez que je ne suis pas homme à me vanter; mes blessures, toutes muettes qu'elles sont, peuvent attester que mon témoignage est juste et plein de vérité. Mais, arrêtons, il me semble que je m'écarte trop en parlant ici de mon faible mérite. Oh ! pardonnez-moi, les hommes se louent eux-mêmes quand ils n'ont plus d'amis pour le faire.

MARCUS.- C'est maintenant à mon tour de parler. Voyez cet enfant. (Il montre l'enfant qu'un serviteur porte dans ses bras.) Tamora est sa mère; c'est la progéniture d'un More impie, le premier artisan et l'auteur de tous ces maux. Le scélérat est vivant dans la maison de Titus, et il est là, tout homme qu'il est, pour attester la vérité de ce fait. Jugez maintenant quelle raison avait Titus de se venger de ces outrages inexprimables, au-dessus de la patience, au delà de ce que peut supporter l'homme. Maintenant que vous avez entendu la vérité, que dites-vous, Romains ? Avons-nous rien fait d'injuste ? Montrez-nous en quoi, et de la place où vous nous voyez maintenant, nous *allons, en nous tenant par la main, nous précipiter ensemble, détruire tout ce qui reste de la triste famille d'Andronicus, écraser nos têtes sur les pierres rugueuses, et éteindre d'un seul coup notre maison. Parlez, Romains, parlez, et si vous l'ordonnez, voyez, Lucius et moi, nous allons, la main dans la main, nous précipiter.*

ÉMILIUS.- Viens, viens, respectable citoyen de Rome, et conduis doucement par la main notre empereur, notre empereur Lucius; car je suis bien sûr que toutes les voix vont le nommer d'un cri unanime.

TOUS LES ROMAINS s'écrient.- Salut, Lucius; salut, royal empereur de Rome.

(Lucius et ses amis descendent.)

MARCUS.- Allez dans la triste maison du vieux Titus, et traînez ici ce More impie pour le condamner à quelque mort sanglante, cruelle, en punition de sa méchante vie.

LES ROMAINS.- Salut, Lucius; salut, gracieux maître de Rome.

LUCIUS.- Grâces vous soient rendues, généreux Romains: puissé-je gouverner de façon à guérir les plaies de Rome, et à effacer ses désastres ! Mais, bon peuple, accordez-moi quelques instants, car la nature m'impose une tâche douloureuse.- Tenez-vous à l'écart.- Et vous, mon oncle, approchez pour verser les larmes funèbres sur ce cadavre.- Ah ! reçois ce baiser brûlant sur tes lèvres pâles et froides (il embrasse Titus), ces larmes de douleur sur ton visage sanglant; tristes et derniers devoirs de ton digne fils !

MARCUS.- Ton frère Marcus nous offre à tes lèvres, larmes pour larmes, et tendre baiser pour baiser. Oh ! lorsque la somme de ceux que je devais te donner serait infinie, impossible à compter, cependant je m'acquitterais encore.

LUCIUS, à son fils_.- Approche, enfant: viens apprendre de nous à fondre en pleurs. Ton grand-père t'aimait bien: mille fois il t'a fait danser sur ses genoux, il t'a endormi en chantant, pendant que son tendre sein te servait d'oreiller, il t'a raconté bien des histoires à la portée de ton enfance; en reconnaissance, comme un tendre enfant, répands quelques larmes de tes yeux encore faibles, et paye ce tribut à la nature qui le demande: les amis associent leurs amis à leurs chagrins et à leurs peines: fais-lui tes derniers adieux; dépose-le dans sa tombe; rends-lui ce service et prends congé de lui.

LE JEUNE LUCIUS.- O grand-père, grand-père ! oui, je voudrais de tout mon coeur être mort, et qu'à ce prix vous fussiez encore vivant. O seigneur ! mes larmes m'empêchent de pouvoir lui parler: mes larmes m'étoufferont si j'ouvre la bouche.

(Entrent des serviteurs entraînant Aaron.)

UN DES ROMAINS.- Enfin, triste famille d'Andronicus, finissez-en avec le malheur. Prononcez la sentence de cet exécrable scélérat, qui a été l'auteur de ces tragiques événements.

LUCIUS.- Enfouissez-le jusqu'à la poitrine dans la terre, et laissez-le mourir de faim[29]: qu'il reste là, qu'il crie et demande de la nourriture: si quelqu'un le soulage et le plaint, il mourra pour ce crime. Tel est notre arrêt: que quelques-uns de vous demeurent et veillent à ce qu'il soit enfoui dans la terre.

[Note 29: Dans la pièce de Ravenscroft, Aaron est mis à la broche et rôti sur le théâtre.]

AARON.- Eh ! pourquoi la rage serait-elle muette ? pourquoi la fureur garderait-elle le silence ? Je ne suis pas un enfant, moi, pour aller, avec de basses prières, me repentir des maux que j'ai faits. Je voudrais, si je pouvais faire ma volonté, commettre dix mille forfaits pis que tous ceux que j'ai commis; et si jamais il m'arriva dans le cours de ma vie de faire une seule bonne action, je m'en repens de toute mon âme.

LUCIUS.- Que quelques bons amis emportent d'ici le corps de l'empereur, et lui donnent la sépulture dans le tombeau de son père. Mon père et Lavinia seront sans délai enfermés dans le monument de notre famille. Quant à cette odieuse tigresse, cette Tamora, nuls rites funèbres ne lui seront accordés, nul homme ne prendra pour elle les habits de deuil: nul glas funéraire n'annoncera ses obsèques: qu'on la jette aux bêtes sauvages et aux oiseaux de proie. Sa vie fut celle d'une bête féroce; elle vécut sans pitié; et par conséquent elle n'en trouvera point. Veillez à ce qu'il soit fait justice d'Aaron, de cet infernal More, l'auteur de tous nos désastres: ensuite nous allons travailler à bien ordonner l'État, afin que de pareils événements ne viennent jamais hâter sa ruine.

FIN DU CINQUIÈME ET DERNIER ACTE.

BALLADE.

PLAINTES DE TITUS ANDRONICUS.

Vous, âmes nobles et guerrières, qui n'épargnez pas votre sang pour la patrie, écoutez-moi, moi qui, pendant dix longues années, ai combattu pour Rome, et n'en ai reçu que de l'ingratitude pour récompense.

Je vécus soixante ans à Rome dans la plus grande considération, j'y étais aimé des nobles, j'avais vingt-cinq fils dont la vertu naissante faisait tout mon plaisir.

Je combattis toujours avec mes fils contre l'essaim furieux des ennemis de Rome; nous avons combattu dix ans les Goths, nous avons essuyé mille fatigues et reçu beaucoup de blessures.

Le glaive m'enleva vingt-deux de mes fils avant que nous revinssions à Rome; et je ne conservai que trois de mes vingt-cinq enfants, tant la guerre en moissonna !

Cependant le bonheur accompagna mes travaux, j'amenai prisonniers la reine, ses fils et un More, l'homme le plus meurtrier qui fut jamais.

L'empereur épousa la reine, source de maux funestes qui désolèrent Rome; car les deux princes et le More le trompèrent lâchement, sans égard pour personne.

Le More plut à l'impératrice, qui prêta l'oreille à sa passion; elle oublia ses serments jurés à l'empereur, et elle mit au monde un enfant more.

Jour et nuit ils ne pensaient tous les deux qu'à répandre le sang, et à me plonger moi et les miens dans le tombeau par un assassinat.

J'espérais enfin vivre en repos, lorsque de nouveaux chagrins vinrent m'assaillir; il me restait une fille de qui j'attendais le soulagement de mes maux, et la consolation de ma vieillesse.

Cette enfant, appelée Lavinia, était fiancée au noble fils de l'empereur: dans une chasse, il fut massacré par les indignes complices de la cruelle impératrice.

On eut la méchanceté de jeter son corps dans une profonde et sombre fosse; le scélérat more passa peu de temps après par cet endroit avec mes fils, et ils tombèrent dans la fosse.

Le More y fit passer ensuite l'empereur, et leur imputa tout le crime de ce meurtre; comme ils furent trouvés dans la fosse, on les arrêta et on les enchaîna.

Mais ce qui mit le comble à mon malheur, les deux princes eurent la cruauté d'enlever ma fille sans pitié, et souillèrent sa chasteté dans leurs bras impudiques.

Et quand ils l'eurent déshonorée, ils firent tout ce qu'ils purent pour tenir leur crime secret; ils lui coupèrent la langue, afin qu'elle ne pût les accuser.

Ils lui coupèrent aussi les deux mains, afin qu'elle ne pût ni mettre ses plaintes par écrit, ni trahir les deux complices de ce forfait, en brodant avec l'aiguille sur son métier.

Mon frère Marcus la rencontra dans la forêt où son sang arrosait la terre, la vit les deux bras coupés, sans langue, et ne pouvant se plaindre de son malheur.

Et lorsque je la vis dans cet affreux état, je versai des larmes; je poussai pour Lavinia plus de plaintes que je n'en avais poussé pour mes vingt-deux fils.

Et quand je vis qu'elle ne pouvait ni écrire, ni parler, ce fut alors que mon coeur se brisa de douleur; nous répandîmes du sable sur la terre, afin de parvenir à dévoiler l'auteur de tant d'atrocités.

Avec un bâton, sans le secours de la main, elle écrivit sur le sable ce qui suit:

«Les fils abominables de la fière impératrice sont les seuls auteurs de mes souffrances.»

J'arrachai mes cheveux gris, je maudis l'heure où j'étais né, et je souhaitai que la main qui avait combattu pour l'honneur de Rome eût été estropiée dans le berceau.

Le More, toujours occupé de scélératesses, dit que si je voulais délivrer mes fils, il fallait que je donnasse ma main droite à l'empereur, et qu'alors il laisserait vivre mes fils.

J'ordonnai au More de me couper sur-le-champ la main, et je la vis séparée de mon bras sans crainte et sans horreur; car j'aurais volontiers donné au tyran mon coeur sanglant pour la vie de mes enfants.

Bientôt on me rapporte ma main qu'on avait refusée, et les têtes de mes fils séparées de leurs corps: je les contemplai, et mes larmes coulèrent encore à plus grands flots.

Alors en proie à ma misère, je m'en allai sans secours, je traçai ma douleur sur le sable avec mes larmes, je décochai ma flèche vers le ciel[30], et j'invoquai à grands cris les puissances de l'enfer pour me venger.

[Note 30: Si cette ballade est antérieure à la tragédie, c'est ici une expression métaphorique, empruntée probablement d'un passage du psaume LXIV, 3: «Ceux qui visent avec des mots empoisonnés, comme avec des flèches.» PERCY.]

L'impératrice, qui me crut fou, parut devant moi sous la forme d'une furie, avec ses fils travestis; elle se disait la Vengeance, et ses deux fils le Rapt et le Meurtre.

Je la laissai quelque temps dans cette idée, jusqu'à ce que mes amis, ayant épié le lieu et le moment, attachèrent les princes à un poteau, pour infliger la punition due à leur crime.

Je les égorgeai; Lavinia, des restes de ses bras mutilés, tint le bassin pour recevoir leur sang; je râpai ensuite leurs os, pour faire de cette poussière une pâte épaisse dont je fis deux pâtés.

Je les remplis de leur chair et les fis servir sur la table un jour de festin; je les plaçai devant l'impératrice qui mangea la chair et les os de ses deux fils.

Ensuite j'égorgeai ma fille sans pitié, et j'enfonçai le poignard dans le sein de l'impératrice, j'en fis de même à l'empereur, puis à moi-même, et terminai ainsi ma fatale vie.